今はただ、抱きしめて

里美けい

JN204603

三交社

今はただ、抱きしめて

第一章　九年目の恋人

『ごめん、今夜も帰れそうにない』

読点を入れても、わずか十四文字。

恋人から届いた相変わらずの素っ気ないメッセージに、月岡百々子《つきおかもちこ》は深くため息をついてコンロの火を止めた。

バカ、もうちょっと早く連絡しなさいよ。腕によりをかけてあんたの大好きな麻婆《マーボー》豆腐《ドウフ》を作ったっていうのに、どうしてこのタイミングなの。

しかも、素っ気ない短文。今に始まったことじゃないけど、たまには恋人らしい甘ったるい言葉を一つくらい添えてくれたっていいじゃない。

そう悪態をつき、百々子はがっくり肩を落とすと、スマホの画面に表示されたメッセージにもう一度目をとおす。作りかけの麻婆豆腐は、あとは水で溶いた片栗粉を混ぜる最終工程までできていたのだ。

それにしても、同じ文章を目にするのは、これで何度目だろうと思う。もはや頭にインプットされていて、百々子にしてみれば、呪いの言葉と化していた。

チャット形式によるトーク機能でのやり取りは、画像や動画を相手に送れるだけでなく、テレビ電話のような機能まである。

しかし、どんなに便利な機能がついていようが、百々子の恋人である宮瀬《みやせ》透《とおる》には無用の長物でしかない。画像や動画はもちろんのこと、今まで透はメッセージにスタンプを添えてくることすらなかった。

連絡手段の中心がメールだった頃から、絵文字はおろか、顔文字すら一切使うことのなかった男だ。カラフルな文面など期待できないことは、付き合いの長い百々子が誰よりも知っている。

だから、透のメッセージの素っ気なさは今さら気に病むことでもないし、普段ならこんなことで悩んだりしない。でも、今の百々子はその〝普段〟が思い出せないくらい、気持ちがしおれていた。

透の顔を見なくなってから一カ月が過ぎようとしている。一緒に暮らしている恋人なのにだ。仕事だから透に罪がないことはわかっていても難癖をつけたくなるのは、自分で思っている以上に心が弱っているからだろう。

百々子は何度目かの深いため息を吐くと、気持ちを押し殺して、スマホに文字を打ち始めた。

『了解。ちゃんと栄養取ってる？　くれぐれも体調に気をつけて。無理はしないようにね』

透のメッセージを素っ気ないと断罪したわりには、自分のほうこそ、なんて可愛げのない返事だろうと思う。頑張っている透に〝頑張って〟とは書けないにしても、〝声だけでも聞きたい〟とか、〝会えなくて寂しい〟とか、本当はもう少し恋人らしいメッセージを送りたかった。

でも、忙しくしている透の負担になりたくなくて、心にブレーキを踏んでしまう。

それが百々子だった。


一時間後、百々子はダイニングテーブルに、麻婆豆腐と付け合わせの中華風の叩ききゅうりや冷やしトマトが並べ、十年来の親友である高野菜穂《たかのなほ》とグラスビールで乾杯していた。

「うん、美味しい！」

麻婆豆腐をレンゲで掬《すく》ってひと口食べた菜穂が、上機嫌な声を上げる。

百々子と菜穂、そして透は高校の同級生で、今年で二十七歳になる。菜穂は、透と百々子の付き合い始めの頃のことから知っている。

透に代わって菜穂が麻婆豆腐を食すことになったのは、百々子が誘ったから。

『晩ご飯、作りすぎちゃったから食べに来ない？』と菜穂にメッセージを送ると、すぐに『今、会社を出たところ。真っすぐ向かうね』と返信があった。

〝寂しいから会える？〟と素直に伝えればいいだけなのに、長年の親友にさえ、〝作りすぎたから〟と理由をつけないと誘えないところが、甘え下手な百々子の性格を物語っていた。

透と百々子が暮らすのは、神奈川県横浜市青葉区《かながわけんよこはましあおばく》の賃貸マンション。東急田園都《とうきゅうでんえんと》市線《しせん》と横浜市営地下鉄《よこはましえいちかてつ》のブルーラインが乗り入れるあざみ野《の》駅から、徒歩十分ほどの場所にある。

五階建ての建物は築十年と外観はまだ新しめで、三階の2LDKの部屋を二人で借りている。玄関を入って廊下沿いの右側にトイレと寝室、左側に浴室と書斎があり、奥の扉の向こうに十五畳ほどのリビングダイニングが広がっている。

「めちゃくちゃ美味しいけど、めちゃくちゃ辛いね」

菜穂が額にうっすらと汗を滲《にじ》ませながら、目をしばたたかせる。菜穂には申し訳ないが、透の舌に合わせて作ったものだから仕方がない。

「それにしても残念だね、ミヤは。百々子特製の大好物を食べられないなんて」

〝ミヤ〟とは透のことである。〝宮瀬〟の苗字からつけられた高校時代からの愛称で、学生の頃から知る人たちの大半が、透をそう呼んでいる。

百々子は苦笑しながら肩をすくめた。

「そんな大げさな。仕事だから仕方ないよ。今度透が帰って来たとき、また作ればいいだけだし」

「そうだけどさぁ、今度っていつよ？　もう一カ月も会ってないんでしょ？」

菜穂は箸を動かしながら、半ば呆れ気味に言った。

「でも、仕事だから……」

百々子が消え入りそうな声で言うと、菜穂が小さくため息をつく。

「SEの彼女でいるのは大変だね。百々子のそんな顔見ちゃったら、ミヤの会社に文句を言いたくなるよ。大手のくせにこのブラック企業が！　ってね」

〝SE〟すなわち〝システムエンジニア〟が透の職業である。

「でもSEの扱いって、ほかの企業でも似たようなものみたいだよ。納期が迫ると深夜残業や徹夜作業は当たり前だし。さすがに一カ月の泊まり込みは、今回が初めてだけど……」

「ほら、やっぱりブラックじゃん。ミヤが過労死しないか心配だよ」

百々子はフォローするが、菜穂は憮然《ぶぜん》とした表情できゅうりを口に放り込む。

「遠距離や出張でもなくて、同棲までしてて恋人に一カ月も会えないなんて、私なら耐えられないよ」

身体が心配なのは百々子も同感だ。それでも少しうつむきながら、百々子は取り繕《つくろ》った。

「……透ね、今、新規開拓した案件のプロジェクトリーダーを任されているの。ゼロからのスタートだから、長丁場のきつい仕事になるって、ずっと前から言ってたし……。一番大変なのは透や会社の人たちだと思うから、文句なんて言えないよ」

「もう、百々子は聞き分けが良すぎなの！　ちょっとスマホ借りるよ」

「えっ⁉」

菜穂はテーブルに置いてあった百々子のスマホを奪い取ると、勝手にパスワードを打ち込み、透とのトーク画面を開いて百々子に見せつけるように差し出した。

「何よ、この色気のない会話は」

痛いところを突かれ、百々子は黙り込んだ。そんなことは、菜穂に指摘されなくても重々わかっている。

「『ごめん、電話できそうにない』『先に寝てていいよ。ごめんな』『ごめん、今夜も帰れそうにない』……って、最近のミヤのメッセージ、どれも似たようなものばっかじゃん」

「うん……」

「まさかあんたたち、電話すらしてないの？」

「まぁ、ここ最近は……」

「ありえない！　仕事が忙しいのは百歩譲ってわかるけど、電話くらいできるでしょ」

菜穂は吐き捨てるように声を荒げ、グラスに残っていたビールを勢いよく飲み干した。

「もともと淡白な人だし、私への電話は二の次なんだと思う」

つい本音が口をついて出る。そのうえ、自分で言っておきながら泣きそうになる。

意気消沈する百々子の様子に、菜穂は箸を持つ手を止めた。

「ミヤは大馬鹿だ。女心のわからない甲斐性なしの大馬鹿野郎。アホ、マヌケ、デベソ」

「デベソって……」

百々子は最後の台詞に思わず噴き出した。きっと透がこの場にいたら、〝誰がデベソだ。ふざけんな〟と、間髪入れずに突っ込んでいたに違いない。高校時代の透の姿が不意に思い出され、百々子はなんだか切なくなった。

「……ねぇ、百々子」

「ん？」

「あのさ、今さらだけど、あんたら付き合って今年で何年目だっけ？」

菜穂の質問の意図はすぐにわかった。菜穂なりに心配してくれているのだ。

そのことを十分にわかったうえで、百々子はさらりと答えた。

「高三の冬からだから、もうすぐ九年になるね」

「……で、ミヤはなんて？」

「なんてって？」

百々子はわざととぼけたふりをした。すると菜穂は憤然として声を荒げる。

「結婚の話に決まってるじゃない！　あんたら、いつになったら結婚するわけ？」

〝そんなの私が聞きたいよ〟と言いたくなる気持ちを抑えて、百々子は自嘲《じちょう》気味な笑みを浮かべた。

たしかに菜穂が言うのももっともだ。聞こえてくるのは、同世代の友人の結婚話ばかりで、透との間に二人の将来が話題になることはまるでなかった。

「……どうだろう。結婚は私一人で決められることじゃないからさ」

「ずっと前に私が同じことを聞いたとき、百々子、言ってたでしょ？　ミヤと付き合ってから、一度も結婚の話が持ち上がったことはないって。あれ以降も変わらず？」

「うん……」

「うんって……。あんたら何年一緒にいると思ってんの？　お互い今年で二十七歳、結婚適齢期なんだよ。これまで何組のカップルに追い越されてきたのよ？　しかも自分たちより、うんと交際歴の短いヤツらに」

菜穂が畳みかけるように続ける。

「ニッシーやまこっちゃんだって、あんたらの幸せな報告が聞けるのをずっと待ってるんだよ。もちろん、私もね」

懐かしい名前を聞いて、百々子は複雑な気持ちになった。

二人は高校三年生のときのクラスメート。百々子と透の共通の友人だ。高校を卒業して社会人になってからも、みんなでちょくちょく集まっていたけれど、二人とも数年前に結婚して以来、顔を合わせていない。

おそらく二人は、菜穂の言う〝うんと交際歴の短いヤツら〟に含まれるのだろう。

「ごめん……。みんなに心配かけてるよね」

「心配っていうか、気をもんでるっていうか。余計なお世話かもしれないけど、あんたらには早く結婚してほしいって思ってるんだよ。百々子だって、ミヤと結婚したいんでしょ?」

百々子はためらいながらも、小さくうなずく。

「いっそ、百々子からミヤに逆プロポーズしちゃえば? いつまで待たせるつもりですか? って。あなたのペースに合わせていたら、じきに三十になってしまいます。いい加減待てませんって、皮肉たっぷりにさ」

「そんな、言えないよ。〝待てません〟なんて……待ってててって言われているわけでもないしさ。そもそも、透に結婚する気があるのかもわからないし……」

「それは、そうやって今まであんたらが、結婚の話題を避けてきたからでしょ」

「だって……」

百々子は口ごもった。

菜穂の言うことにも一理ある。百々子だって、まさかこうなるとは思っていなかった。同棲を始めたときは、いつか自然な流れでプロポーズされて、二十代半ばを過ぎた頃には結婚しているんだろうと漠然と思っていた。

　でも、二十五歳を過ぎても透の口から〝結婚〟の二文字は聞かれず、気がついたら独身女が結婚に焦り出す、アラサーに突入していたのだ。

「ミヤってさ、無駄に顔だけはいいじゃん？　あいつ昔から何もしなくても、自然と女が言い寄ってくるくらいだし。だからさ、一カ月も会えないでいるなんて聞くと、それなりに疑っちゃうんだよね。浮気の気配はないの？」

「それはないよ！　透が浮気なんて……ないと思う」

　百々子の語尾が弱々しく変わったのは、透の浮気を疑ったからではない。付き合って九年を迎えようとしている今でも、透が自分を好きでいてくれているという自信がなかったからだ。

　切ない想いで胸がいっぱいになって、百々子は思わずうつむいた。その様子を見て、菜穂がやるせないような表情でため息を一つついた。

「ミヤが百々子を裏切るような男だとは思ってないけどさ。でも、ミヤにその気がなくても、ミヤを狙ってる女は多いと思うよ。独身のアラサーで、顔よし、スタイルよしの超優良物件じゃん。それなりに仕事もできそうだし、放っておかれるわけがないよ」

痛いところを突かれ、百々子は押し黙った。

「言いたいのは、ほかの女に言い寄られる前に手を打っとけってこと。彼女がいるのを知ってても、ぐいぐいいく女は少なくないよ。でも、婚約者がいるとなれば、さすがに相手も遠慮するでしょ。ミヤから結婚を切り出してこないなら、百々子からビシッと決めちゃえばいいんだよ」

「でも……」

「〝でも〟とか言ってる場合じゃないって。この調子でずっと待ってたら、あっという間に三十だよ？　女性が三十過ぎたら、男はプロポーズするのに気後れするって、雑誌か何かに書いてあったし。それに、来年は付き合って十年になるんでしょ？　いい節目じゃん。ここで話を進めないと、タイミングを逃して何も変わらないままだよ」

「それはわかってるけど……。でもね、菜穂……やっぱり、私……」

「うん、わかってる。ごめんね。百々子の言いたいことはわかるよ。プロポーズの言葉は、ミヤから言ってほしいんだよね？」

今までと打って変わったような菜穂の優しい声色に、思わず涙ぐみそうになる。百々子はそれを悟られないように、唇を強く噛んでうなずいた。

でも、それが涙を堪《こら》えているときの百々子の癖であることを、菜穂は知っている。

「……ほんと、今すぐにでもミヤをぶん殴りたいわ」

菜穂はそう言うと、正面の席から百々子の隣の椅子に移動して腰かけた。そして、百々子の背中にそっと触れて、優しく撫《な》でた。

菜穂の手の温もりが、百々子の涙腺をさらに刺激する。まるで〝泣いていいよ〟と言われているようだった。それでも百々子は唇を噛みしめたまま、涙を見せなかった。

＊＊＊＊

百々子は十八歳の誕生日を迎えた朝、父と母の口論で目を覚ました。

「あなたが浮気なんてするから！」

母の泣き叫ぶ声が聞こえてきて、百々子は「またか……」と重苦しげに呟《つぶや》く。気だるげにベッドから身体を起こし、部屋を出て階段を下りると、父と母のいるリビングのドアを閉めた。

それでも響く怒鳴り声を背にしながら、洗面所へ向かう。いつものように顔を洗って歯磨きを終えると、二階に戻って制服に着替える。学校用の指定鞄を手に持ち、再び一階に降りても、まだ激しい口論は続いていた。

「行ってきます」

玄関からリビングに向かって声をかけるものの、返事はもちろんない。百々子は視線を足元に戻し、小さくため息をつくと家を出た。

保土ケ谷《ほどがや》駅から横須賀線《よこすかせん》に乗り、横浜駅で京浜東北線《けいひんとうほくせん》に乗り換え、石川町《いしかわちょう》駅で降りる。途中、車内で急病人が発生し、予定より十五分ほど遅れて到着した。

ああ、もうっ！　絶対遅刻じゃん！

百々子は駆け足で改札を飛び出すと、通い慣れた通学路を全力で駆け抜けた。学校の正門をくぐったところで時計を見ると、朝のＨＲ《ホームルーム》の時間までまだ五分あった。

今日から高校生活の最終学年がスタートする。新しいクラスを掲示板で確認する時間を含めるとギリギリだが、なんとか遅刻せずに済みそうだった。

切らした息を整えながら昇降口の前まで来ると、廊下に険悪な雰囲気で向き合う男女の姿が目に入った。

「どういうことよ、ミヤ！　突然〝別れよう〟だなんて意味がわからないんだけど」

ヒステリックに怒鳴り散らす女の子に、百々子は思わず顔をしかめた。やばい場面に出くわしたと思い、とっさに下駄箱の陰に隠れる。

「どういうことって、そのまんまの意味だけど」

激高する女の子に怯《ひる》むことなく言い放ったのは、おそらくこの学校で知らない人はいないであろう宮瀬透だった。

「納得いかない！　せめて理由を教えてよ」

「うるせぇな。そういうところだよ。てか、遅刻するからもう行っていい？」

あまりの冷たい言い草に、百々子は背筋を凍らせた。こういうときに取り合ってもらえないのがどんなにつらいことか……。

相手の女の子を気の毒に思った瞬間、〝パンッ〟と乾いた音が大きく鳴り響いた。

百々子はその場で固まった。女の子が透の左頬を引っ叩《ぱた》いたのだ。

「最低！　バカ、死ね！」

女の子は口汚く罵《ののし》ると、透に背中を向けて去っていった。

水を打ったような静けさが辺りを支配する。百々子は唖然《あぜん》としたまま、立ち尽くす透から目を離せないでいた。

我に返ったときには遅かった。ごくりと唾《つば》をのんだ音に気づいたのか、透の視線が百々子に向けられた。透は一瞬驚いたような顔を見せたが、すぐにその唇の端がカーブを描いた。

「何、のぞき？　悪趣味だな、お前」

透は吐き捨てるようにそう言うと、踵《きびす》を返して立ち去った。

HRの開始を知らせる予鈴が鳴っている。百々子はそれでも動くことができず、呆気に取られながら、透の後ろ姿を眺めていた。

目にした透の姿は、女子生徒から高い人気を誇っている〝人当たりがよくて爽やか〟な人物像とは程遠かった。


結局百々子が教室に顔を出したのは、HRが終わる寸前だった。案の定、若い男性の担任から注意され、クラスメートの視線を一身に集めることになってしまった。新学年の初日早々に悪目立ちしてしまい、心中穏やかではいられない。

それもこれもすべては宮瀬透のせい。自分の靴をしまいたかっただけなのに、〝のぞき〟呼ばわりまでされて、思い出すだけでも腹が立つ。

自意識過剰め！　のぞいていたんじゃなくて、遠慮していただけだ。ちょっと顔とスタイルがよくて女子にモテるからといって調子に乗ってるんじゃない！

そう腹の中で毒を吐きながら、担任の小言が終わるのを待って、百々子は自分の席に着いた。

「そういえば月岡、ここに向かう途中で宮瀬を見かけなかったか？」

「えっ⁉」

座った途端、突然また担任から名指しでたずねられ、思わず身構えた。なぜこのタイミングで〝宮瀬〟の話題？　百々子は戸惑った。

「えっと……」

どう返事をすべきか迷っていると、教室のドアが唐突に開いた。クラスメートの視線が一気に百々子から移動する。

「すみません。遅刻しました」

現れたのは宮瀬透だった。百々子よりも先にあの場を去ったというのに、どこにいたのだろう。

「お前、相変わらず平然とした顔で……。新学期早々遅刻とはいいご身分だな。遅刻した理由を言え、理由を」

担任が百々子のときよりも厳しい口調で透を問いただす。

「腫れた頬を冷やしに保健室に向かったら、鍵が閉まっていて入れませんでした。それで仕方なくこちらに」

もともと担任と親しい間柄なのか、それともこれが透のスタンスなのか、若い担任相手とはいえ、何食わぬ顔でさらりと答える透の様子に、場の空気が自然と和やかになる。

「〝仕方なくこちらに〟じゃねぇよ。どれ、見せてみろ。……ってなんだコレ？　手形くっきりだぞ、おい？」

担任が透の左頬を怪訝《けげん》そうに見つめる。そこには、絵に描いたように手形の跡がくっきりと残っていた。手形のサイズからすると誰が見ても女性の手であることは明らかで、百々子以外のクラスメート全員が一斉に噴き出した。

「HR前に、泣きながら廊下を歩く女子生徒とすれ違ったが、まさかあれはお前が原因か？　……宮瀬、俺はお前の先行きが心配だよ。今からそんなふうだといつか刺されるぞ」

担任からの苦言に、透はわざとらしく悲しそうな顔を見せた。

「申し訳ないことをしたって心から反省しています。全部俺が悪いんです。傷つけたくなかったのに、結局傷つけてしまったから……」

百々子は愕然《がくぜん》とした。

そんなことは欠片《かけら》も思っていないくせに、よくもそんな陳腐な台詞がすらすら出てくるものだと思う。傷つけたくないと思っていた男が理由も告げずに、〝別れよう〟

なんて切り出すはずがない。それに彼女のことを想うなら、こんなふうにみんなの前で吐露したりしない。

百々子は別れ際のやり取りを見ていたので、透の言葉を一つも信じていなかったが、驚いたのは透の言葉に同調するようにクラス内の空気が湿っぽくなっていることだった。

「そうか……お前も大変だったな。遅刻の件はもういい。ほら、早く席に着け」

まんまと術中にはまった担任の言葉に唖然としていると、透が百々子の方に向かって歩いてきた。驚いて視線を外せずにいると、席の近くに来たところで、ぱっちり目が合った。

透が「あっ」と何かを思い出したように呟く。そして、青ざめた顔の百々子に、勝ち誇ったような笑みを向けた。

「さっきはどーも。よろしく」

嫌味なほど単調にそう言うと、百々子の左隣の席に腰かけた。そこでようやく百々子は、担任が透の所在を自分にたずねた理由を理解した。〝隣の席の宮瀬はどこへ行った？〟ということだったのだろう。

体育館での始業式を終えると、百々子たちは再び教室に戻った。楽しそうな笑い声で溢れる室内を、百々子は自分の席から一人ぽつんと眺めていた。

誕生日なのに、なんてついていない日なんだろうと思う。

朝、いつもより早い時間に家を出たはずなのに、乗った電車で急病人が出てしまい遅延。初日から遅刻だけは避けたいと思って全力疾走したのに、誰かさんのせいでその努力も徒労に終わった。

遅刻してしまったおかげで、先生には怒られるし、何より友達のグループの輪に入るのに、完全に出遅れてしまった。

女子にとって新学期初日は、朝のＨＲが始まる直前の時間が一番重要だったりする。その時間で互いに仲良くなれそうな子を見極め、グループが形成されていくからだ。特に二年生のときに仲の良かった友人たちと、別々のクラスになってしまった百々子にとっては痛恨の遅刻だった。

どうやってほかの子たちと接触の機会を作ろうかと思い悩んでいると、近くから女子の甘え声が聞こえてきた。目をやると、透が数人の女の子に取り囲まれている。

「頬、超痛そう。本当に大丈夫？」

「ミヤと一緒のクラスになれて超嬉しい」

「ね、学校終わったらみんなでカラオケに行くんだけど、ミヤも行こうよ」

さすが学年一モテる男と崇《あが》められているだけのことはある。

「いや、俺はいいよ。みんなで楽しんできて」

透は爽やかな笑顔とともにさらりと断った。そんな透に「えぇー、ミヤがいないとつまんなぁい」と女の子たちは頬を膨らませる。透は曖昧に笑って受け流しているように見えたが、その顔はまんざらでもなさそうだった。

「ねぇ、ミヤぁ〜。行こうよぉ」

女の子たちはあきらめきれないのか、まだ誘っている。百々子は、どうやったらそんな猫なで声が出せるのだろうと半ば感心しつつも、めまいを覚えた。

なんでよりによって、この男と同じクラスなのだろうか。しかも隣の席。今日で一番ついていないことはこれだと、百々子はまだ昼にもなっていないのに思った。

机に肘をつき、額に手を当てながら心の中で悪態をついていると、「ねぇ、話しかけてもいい？」と、聞き覚えのない声が百々子の頭上から降ってきた。

驚いて顔を上げると、前の席の女子と視線が重なった。確信が持てず左右を見回すと、「やだ、私あなたに話しかけたんだよ」と彼女の顔がほころんだ。

肩まで伸びるサラサラなロングヘア、二重のぱっちりとした目、すっきりとした鼻筋、そして形のいい唇には薄いピンクのリップクリームが塗られている。一言で言えば、〝可愛い〟系よりは〝キレイ系〟な子だった。

「私、高野菜穂。菜穂でいいよ。よろしくね」

「あ、私は……」

「月岡百々子ちゃん、でしょ?」

菜穂はクラスの名簿を机に広げ、百々子の名前の欄を指差しながら得意げに言った。

「百々子って呼んでもいい?」

気さくな菜穂に百々子は嬉しくなった。コクリと控えめにうなずくと、菜穂が声を立てて笑う。

「じつはさ、さっきまで私、あの女の子たちのグループにいたの」

菜穂は声をひそめて目配せした。視線の先には、透を囲む女の子たちの姿があった。

「でも、もう抜けちゃった。あの子たち、男の話しかしないんだもん。関わったら面倒くさそうじゃない? もともと群れるのは好きじゃないし。それで別に一人でもいいかと思って席に戻ってきたら、百々子が一人座っていたわけ。なんか運命感じちゃって。しかも私の後ろの席だし」

菜穂の言葉に百々子は笑みをこぼした。新学期早々、出遅れて不安が大きかっただけに、友達が見つかったことが余計に嬉しかった。根拠はないが、菜穂とは気が合うと直感的に思った。

少しの間、幸せな気持ちに浸っていると、菜穂がたずねてきた。

「百々子って家はどこ？　最寄り駅は？」

「保土ケ谷駅。菜穂は？」

「私は中区《なか》。山手《やまて》駅付近だから通学は楽なの。保土ケ谷ってことは真逆かぁ……。でも、石川町までは一緒に帰ろう」

菜穂は嬉しそうに笑った。百々子もつられたように微笑む。

それからしばらく、女子高生らしいトークで盛り上がった。前は何組だったのか？　部活には入っているのか？　お気に入りの俳優は？　彼氏はいるのか？

話してみると、菜穂とは意外に共通点が多く、百々子はさらに親近感を覚えた。中学はバスケ部に所属していたが、高校では髪を切るのが嫌で入部しなかったことや、彼氏いない歴イコール年齢であることまで一緒だった。

そして互いに一人っ子だと知ると、話題は〝一人っ子あるある〟に移り、ますます会話が弾んだ。ほとんどが中身のないどうでもいい話だったが、百々子と菜穂の間に笑いが絶えることはなかった。

「あ、そうだ。私、百々子に聞きたいことがあったんだよね。ね、ミヤとは知り合いなの？」

「えっ？　いや、まったく！」

百々子は首を横に振って全力で否定する。

「どうして、そう思ったの？」

「ほら、朝のＨＲのとき、ミヤが百々子に話しかけてたじゃん」

菜穂に指摘されると、〝さっきはどーも。よろしく〟という、先ほどの透の言葉が百々子の頭によみがえる。あのときのやり取りを菜穂に聞かれていたらしい。透の嫌味たっぷりな笑みを思い出して、こめかみのあたりが引きつる。

「あれはなんていうか……とにかく知り合いとかじゃないよ。むしろ苦手だもん」

つい語尾が強くなってしまいハッとする。透に聞こえてしまったかもしれないと思って横目で見ると、まだ女の子たちに取り囲まれたままだった。はしゃぐ彼女らのおかげで聞こえていないらしい、と百々子は胸を撫で下ろした。

「へぇー、意外。ミヤのこと苦手って言うの、百々子ぐらいじゃない？」

「……だって、笑顔が胡散《うさん》臭いんだもん」

それはずっと前から思っていたことだった。

百々子は入学当初から、一方的に透の存在を知っていた。並外れたルックスで、当時から女の子の間で絶大な人気を誇っていたからだ。

特に二年生のときに一緒にいたグループの友達の一人が遠くからでも透の姿を見つけると、足を止めて眺めるほどのファンで、百々子はよくそれに付き合わされていた。キャーキャーと黄色い声を上げて騒ぐその友達とは対照的に、百々子は常に無の心で透を見ていた。どうして女の子に向ける透の笑顔に、みんな違和感を持たないのか不思議だった。見るからに作った笑顔で、絶対に裏の顔があると思っていた。その疑いは、今朝の下駄箱事件で確信に変わった。

「あー、たしかに胡散臭いよね。今朝のHRでのやり取りとか特に」

菜穂は苦笑する。それは明らかに何かを知っているような笑みだった。百々子は菜穂をまじまじと見つめた。今までそれとなく友達にほのめかしてみても、賛同や共感を示してくれる人はいなかっただけに、なおさら驚きだった。

そんな百々子の心情を菜穂は察したのか、少し言いづらそうに付け加えた。

「私、ミヤと中学が一緒なの。三年間同じクラスだったから、まあまあ知っているんだよね。でも、すごいね。私が知る限り百々子だけだよ。ミヤの笑顔を胡散臭いって言ったのは。たいていの女子はミヤの笑顔にころっと騙《だま》されるし、すぐに落ちるからね。今朝のHRだって、たぶんほとんどの子はまんまと引っかかってたし」

「やっぱり、あれは演技だったんだね」

「うーん……演技っていうか、言ってみれば、ああやって本性を隠すこと自体がミヤの素なんだよね。まあ、ちょっとひねくれたところはあるけど、悪いヤツじゃないよ。そのうち百々子もわかると思う」

決してわかりたくないと思いながら、百々子は「ふーん」と相槌《あいづち》を打った。不本意そうな顔を透に向ける百々子を見て、菜穂は困ったように笑った。


その日の放課後、菜穂と一緒に正門を出た百々子だったが、通学定期券を買わなければならないことを思い出した。念のため生徒手帳を確認してみると、鞄の中にない。立ち止まって制服のポケットも探ってみても見当たらない。

「おかしいな……どこで失くしちゃったんだろ……」

仕方なく菜穂には先に帰ってもらい、百々子は誰もいない教室に戻った。

百々子たちの学校では、学年ごとに新しい生徒手帳が配られる。そして生徒手帳が配られたのは、始業式が終わって体育館から戻った後だ。

あるとすれば、机の中か、廊下の個人用ロッカーくらいしか思いつかないが、どちらにもなかった。もう一度鞄の中とポケットを探した後、教室はもちろん、廊下やトイレまで探してみるものの見つからなかった。

再発行してもらうのに何日くらいかかるのだろう――。

百々子はそう思う頭の片隅で、今朝の父と母の口論の様子を思い出していた。

そうでなくてもギスギスしているのに、〝生徒手帳を失くしちゃってしばらく通学定期を申請できないの。だから少し交通費が高くなるけど、その間の切符代よろしく〟なんて、頼めそうになかった。

百々子は暗い気持ちで教室の床に膝をつき、もう一度、どこかに落としてないか探し始めた。

すると、背後から「もしかしてコレ探してる?」と突然声が聞こえて、百々子が身体を震わせた。聞き覚えのある声に恐る恐る振り向くと、透が口元を緩めながら立っていた。

その手には生徒手帳がある。わざとらしく、百々子の証明写真を見せびらかすようにページを開いて差し出している。どうして透の手元にあるのか疑問に思ったが、ずっと探していた物が見つかったという安堵《あんど》感のほうが大きかった。

百々子は素早く立ち上がり、透に向き直った。

「あ、ありがとう」

素直にお礼を言い、生徒手帳を受け取ろうと手を伸ばした。しかし、手が触れる寸前、透にかわされてしまった。

百々子が唇をキッと結び、透を睨《にら》みつけると、透が可笑《おか》しそうに噴き出した。その態度がさらに腹立たしくて、百々子は無言のまま、いっそう目に力を込めた。

「ごめんって。そんな怒んなよ。はいどーぞ」

透が再び差し出してきたので、百々子は即座に奪い取った。その様子がよほど面白かったのか、透の肩が小刻みに震えている。

「どうもありがとうございました！」

百々子は顔を背《そむ》け、自分でもお礼とはとても思えないくらい不愛想な声で言う。ちらりと視線だけ透に向けると、まだ肩を震わせている。

憮然としていると、透が仕切り直すように咳《せき》払いをして言った。

「どうして俺が生徒手帳を持っていたのか知りたくないの？」

「もういいよ。無事に見つかったんだから。わざわざ届けてくれてありがとう。それより、早くカラオケに行かなくていいの？　きっと今頃、あなたのファンが首を長くして待ってると思うけど」

口をついて出た言葉に、百々子はすぐに後悔した。なぜいつも自分はこんなひねくれた言い方しかできないのだろう。きっと透は気を利かせて届けてくれたに違いないのに。それなのに〝わざわざ〟とか、言わなくてもいいことまで口にしてしまった。

「ああ、今朝のやり取り聞いてたんだ？　カラオケは断ったから行かないよ。もともと行く気なかったし」

透は口元に笑みを浮かべながら、素っ気なく言った。そして、百々子の手に握られた生徒手帳を指差して続けた。

「それ、俺の机の下に落ちてた。後で渡そうと思って拾ったんだけど、すっかり忘れてて、返すのが遅くなった。とりあえず用は済んだし、友達待たせてるから行くわ。もう落とすなよ。悪用されても知らねーぞ」

「……悪用する人なんていないもん」

我ながら可愛くない返しだと百々子は思う。こういうときに素直にお礼が言えない自分に嫌気がさす。

「だな。悪用するヤツだって人を選ぶよな」

透が喉の奥でククッと笑う。百々子は一瞬ムッとしたが、素で楽しそうにしているので決まりが悪くなり、視線をそらした。

透は「じゃ」と軽く手を挙げると、出口に向かって歩き出した。百々子は黙ってその後ろ姿を眺めていた。

するとドア付近で「あっ……」と透が何かを思い出したように呟いた。足を止めて振り返った透と視線がぶつかる。真っすぐに見つめられ、百々子の心臓が跳ねた。身体を硬くして、何を言われるのかと身構える。

「誕生日、おめでとう」

予想もしない言葉に、百々子は目を大きく見開いた。胸の奥が激しく波打つ。

透はふっと表情を緩めると、教室を出て行った。百々子はしばらくそこから動くことができなかった。


四月も半ばが過ぎ、新しいクラスに慣れ始めてきた頃、百々子に日直が回ってきた。茜《あかね》色に包まれた教室で、百々子は日直の最後の仕事となる学級日誌を書き始める。どこに姿を消したのか、そこに日直のペアである透の姿はなかった。

今日一日の時間割を記入し、感想欄を埋めようとしたところで百々子の手が止まった。書くことがまるで思いつかない。頬杖をついて思案していると、開いた窓の外から、何やら楽しそうな笑い声が聞こえてきた。

ある予感に突き動かされ、席を立って三階の教室から窓の外をのぞき込む。その直後、百々子は眉をひそめた。思ったとおり、男女数人の輪の中に、透の姿があった。

百々子は小さくため息をつくと、窓を閉め、席に戻って日誌を再開した。

けれども、すぐにまた、シャーペンを持つ手が止まった。

先日この教室で、〝誕生日、おめでとう〟と透に言われたことを、ふいに思い出したからだ。

あのときの、思いのほか優しい透の声音が今でも耳に焼きついている。きっと透は拾った生徒手帳を見て、たまたまその日が誕生日であることを知っただけだ。それなのに不覚にもドキドキしてしまった自分が、百々子は恥ずかしかった。

言われたタイミングが絶妙だったせいもある。

あの日、父や母、ほかの友達よりも先に、「おめでとう」という言葉をくれたのが透だった。そのせいで胸がざわついただけで、特別な感情なんてない――。思い出しては、それがいつも最後にたどり着く結論だった。

目をつぶって首を左右に振り、余計な考えを頭から追い出したときだった。

突然、教室のドアが開く音が聞こえ、百々子は肩をびくつかせた。振り返って相手を確認すると、慌てて視線を外し、日誌に向き直った。

背後から足音が近づいてくるのを感じながら、シャーペンを走らせて日誌に集中する。平静を装うものの、身体はガチガチだった。

椅子を引く乾いた音が教室に響く。透が百々子の前の席に腰かけた。

「な、何⁉」

顔を上げた百々子と見つめ合う姿勢になり、動揺を悟られないように、またしても可愛げのない反応をしてしまう。自分のつっけんどんな態度に、百々子自身が一番慄《おのの》いていた。

「何って、日誌。遅くなって悪かったな」

透が怪訝そうに答えた。百々子は目をしばたたく。

「……」

「何？」

「……いや、てっきりもう帰ったのかと思ったから。それに謝るのも意外だなって」

窓から見ていたことは伏せて、百々子はとぼけた。最後の台詞は本音だけれど……。

すると透は唇をとがらせる。

「失礼なヤツ。俺はきちんとするところはしてんだよ。日誌は日直二人で提出しないといけない決まりだし、サボって説教されんのは嫌だからな」

透はそう言うと、百々子と交代して日誌を書き始めた。

〝するところはしてる〟なんて自分で言うか？　と、百々子は心の中でツッコミながらも、否定はできなかった。この数週間、隣の席で透を見てきた百々子は、〝胡散臭い〟と思った印象を改めつつあった。

とにかく透はソツがなく、優れた男だった。

一見他人に興味がなさそうに思えて、意外によく見ている。新学期の初め、クラスで係決めをしたときがいい例だ。

司会役の生徒の進行が悪く、なかなか係が決まらず、いたずらに時間ばかりが過ぎていった。クラスの雰囲気が次第に悪くなり、何人かが苛立《いらだ》ちをあらわにし始めた頃、透が手を挙げて、司会の補助を買って出た。

颯爽《さっそう》と前に出て行き、軽快に指揮を取り始める。それも嫌味なく、さらりと。クラスメートの適正を踏まえて選定したうえで、係を打診する。そのときの言い回しが絶妙で、ものの数分で打診した全員を説得してしまったのには舌を巻いた。

今日の日直だってそうだ。授業が終わって黒板を消そうと百々子が席を立ったときには、すでに透が消し始めていることがほとんどだった。

初めのうちは、みんなにいい顔をしたくて、自分を取り繕っているのだろうと歪んだ解釈をしていたが、実際に行動を目のあたりにするうちに考えが変わった。何か思惑があって動いているようには思えないし、無理をしているようにも感じられなかった。

そもそもルックスだけでも十分に人を惹《ひ》きつけられるのに、透にそこまで周りに媚びる必要性があるとは思えなかった。

そんなことを考えながら、日誌を書き上げていく様子を眺めていると、唐突に透が顔を上げた。

「何か付いてる？」

「えっ？」

机を見ると、すでに日誌は閉じられていた。どうやら唐突に感じたのは、自分がぼーっとしていて、書き終わったことに気づかなかったせいらしい。

「いや、俺の顔に何か付いてるのかなって」

「……別に」

「そう？　さっきからずっとこっちを見てるみたいだから」

百々子はバツが悪くなり、小さく首をすくめた。その端正な顔立ちに、目を奪われていたとは、口が裂けても言えない。

「ま、別に見られることには慣れてるからどうでもいいけど」

「へぇ、それはまた大層な自信をお持ちのようで」

「だって女って、俺の顔好きじゃん」

自信満々な透を、百々子は白々しい目で見る。そんな百々子の視線を意に介することなく、透は言い放った。

「じろじろ見てくるから、てっきりあんたもその部類かと思った」

まさかここまで明け透けな言葉を投げられるとは、百々子は思っていなかった。透の素顔を知っているだけあって、今さらほかの女の子と同じように接してほしいとは思わないが、これほど扱いに差をつけられるのは、さすがに癪《しゃく》だった。

透がそういう姿勢でくるならと、百々子も率直な言葉で応戦する。

「ごめんね、私もその部類とたいして変わらないと思う。あなたの顔が好みで、つい見惚《みと》れてた。あ、でも顔だけね。顔だけが好き」

あえて〝顔だけ〟を強調して、嫌味をたっぷり込める。

透は目を見開いて、しばらく呆気にとられている様子だったが、百々子から視線を外してうつむくと、肩を小刻みに震わせた。口元に当てた手の隙間から笑い声が漏れ出していて、手で覆っている意味がなかった。

肩の震えが収まると、透は大きく一つ息を吐き、顔を上げた。

「いやーあんた面白いね。こんなに露骨に〝好きなところは顔だけ〟だなんて言われたの、初めてだよ」

「正直に言ったまでだよ。ついでに余計なお世話かもしれないけど、言わせて。いい加減、女の子のご機嫌取りやめたら？　取り繕ってばかりで疲れない？」

透は一瞬驚いたような顔を見せた後、すぐに笑みを浮かべた。

「別に疲れないよ。むしろ楽。これが俺だから」

百々子は意味がよくわからず、首を傾げる。

「俺は自分を使い分けているだけだから。女って、見た目だけで勝手に俺を理想化するじゃん。それで実際の姿と違うと、文句を言う。素で付き合えば勝手にがっかりして、思ったことを口にすれば泣かれる。面倒くさいんだよね、そういうの。それなら、相手に合わせて自分を使い分けたほうが楽なわけ。ご機嫌取りが必要な女と、必要のない女をきちんと選んでね」

自分は後者に選ばれたということなのかと、百々子は雑な扱われ方にようやく合点がいった。それはそれで心中複雑だが、透の言葉に理想を押しつけられるつらさが滲み出ていて、腹立たしさよりも同情心が勝《まさ》った。

たしかに、ファンだと公言していた前のクラスの友達は、透のことを〝王子様みたい〟と目を輝かせていた。

高校生にもなって、王子様を期待されるつらさがどんなものか想像できないが、当の本人が自分を使い分けるほうが楽だと言うのだから、きっとそうなのだろう。

『演技っていうか、あれがミヤの素なんだよね』

『ひねくれたところもあるけど、悪いヤツじゃないよ』

百々子は、新学期初日に菜穂が言っていた言葉の意味を、ようやく理解した気がした。

「俺を好きだって言う女は、俺の顔しか見てないから。周りは俺がモテるってうらやむけど、顔が目当てなだけだから」

透の本音を知らされた今、百々子にはそれが嫌味には聞こえなかった。まるで透が心を傷つけられた幼い子どものように見えた。

「それだけじゃないんじゃない？　あなたが人気な理由は」

気がつけば、勝手に口が動いていた。自分の投げかけた言葉に、百々子自身が動揺する。

「へぇー、たとえばどんなとこ？」

透が見下すように冷笑する。まるでくだらない同情などいらないと、挑発しているようだった。

特に考えがあって言ったことではなかったが、今さら引くに引けなかった。

「不真面目そうに見えて、きちんと授業に出てるところとか、しっかりノートを取って先生の話を聞いているところとか。あと、字がキレイ。ほかの男子みたいに腰パンしないで制服をきちんと着こなしているし、上履きの踵《かかと》を潰して履かない」

言葉が堰《せき》を切ったように溢れ出す。

「それと、他人に興味がなさそうに見えて、じつは困っている人を放っておけないところとか。この前、孤立気味の男子を自然とクラスの輪に引きこんであげてたでしょ？　それを見て、あなたが慕われる理由がわかった気がした。手の差し伸べ方も恩着せがましくないし、あなたがいるだけでクラスの空気が明るくなる」

捲《まく》し立てるように言い終えた後に待っていたのは沈黙だった。

透が意外そうな顔でじっと百々子のことを見つめている。百々子は透の視線から逃れるようにうつむいた。

「……ごめん。私、何か外したかな？」

「いや。顔だけが好きっていうわりには俺のこと、よく見てるんだなって」

そう言われた途端、百々子は虚を突かれたように透を見上げた。

「なっ、誤解しないでよ。私は素直に思ったことを言っただけで」

「素直に思ってる、ってことは認めるんだ？」

涼しげな笑顔で透に問い詰められ、百々子は唇を噛みしめた。

この人に何を言っても勝てない気がする……。百々子は観念したようにうなずいた。

「だって、本当のことだもん。あなた、目立つから嫌でも目に入るの」

「ふーん。じゃあ、聞いていい？〝困っている人を放っておけない〟〝恩着せがましくない〟って言ってくれたけど、それも俺がみんなのご機嫌取りのために、あえてそうしてるとは思わないの？」

「思わないよ。だって、そんなことしなくても、すでにみんなから人望を集めてるじゃない。孤立した人を輪に入れるのって、場の空気を乱すリスクだってあるし、普通なら面倒くさいから関わらないのに、あなたは当たり前のように助けてた」

するると透はフ、と鼻で笑う。

「俺を買いかぶりすぎてない？　新学期初日に昇降口で見てただろ？　いらないと思った女は容赦なくフる男だぞ」

「関係ないよ。あなたが彼女をフった理由、私にはわかるもん」

「へぇ……すごい自信だな。じゃあ、何？　教えてよ」

まるで、当てられるもんなら当ててみろとでもいうような、透の挑発的な視線が突き刺さる。しかし、百々子は歯牙《しが》にもかけず、即答した。

「彼女があなたの友達の悪口を言ってたから」

何も言わなくても図星だったことがわかるくらい、透は心底驚いた顔をした。

「前にも見たことがあるんだよね。放課後、あなたと彼女が昇降口でもめているところ」

あれはいつだっただろうか。二年生の終わりの頃——たぶん三月のことだ。

「あのとき、デートに誘われてたでしょ？　でも、あなたは先約があった友達を優先した。そしたら彼女が怒り出して、挙げ句の果てに、あなたの友達の悪口まで言って罵ってたよね」

彼女が一方的に透に向かって怒鳴っていて、聞きたくなくても耳に入ってきた。二人に見つからないようにこっそりのぞく羽目になったのは、そのときも百々子の下駄箱付近でもめていたため、帰りたくても帰れなかったのだ。

「あなた、彼女ともうわべだけ取り繕って付き合ってたんでしょ？　彼女の文句を笑顔で受け流してたけど、目が笑ってなかったもん。本当は怒ってるんだなって、すぐわかった」

「……」

「クラスが一緒になってから、私、気づいたんだよね。あなたは意外に自分からは女子に歩み寄ろうとしないもん。男友達と一緒にいるときのほうが、素で楽しそうに笑ってるし、女の子から誘われても絶対に男友達優先だし。ああこの人、友達を大切にする人なんだなぁって思ったよ」

　透が押し黙ったままなので、百々子は続けた。

「だから許せなかったんだよね？　友達を悪く言われたこと」

「……すごいね。あんたの観察眼」

　そう言うと、透は口元を緩めた。

「でも言っとくけど、俺はそんなに思いやりのあるヤツじゃないよ。こと女については超ドライだし。俺の中で恋愛は、一番優先順位が低いんだよ」

　透は自嘲気味な笑みを浮かべると席を立ち、窓枠に手をついて外を眺める。百々子はその姿を静かに見守った。

「前に素で付き合った彼女に、冷酷人間って罵られたこともあったな。血が通ってないんだって、俺」

「あなたは優しいよ」

その言葉に、透は一瞬間を置いた後、拍子抜けしたような顔で百々子を振り向いた。

「優しいって……俺が?」

百々子は迷わずうなずいた。

「ちょっと待って。今までのやり取りのどこをどう解釈して、そんな勘違いに至ったの?」

まるで〝人の話聞いてた?〟とでも言いたげな口調で、透がたずねる。しかし百々子は動じることなく、クスッと小さく笑った。

「女どもの勝手な理想に応えているだけって言ってたけど、それって裏を返せば相手を傷つけないように演じてるってことだよね。ありのままの自分を見せると傷つけることがわかってるから、自分を使い分けてるんだと思う。それって優しさでしょ?」

この人は器用そうに見えて、とても不器用な人だ。相手を傷つけてしまうくらいなら、自分を押し殺すことを優先する人なのだ。

そう思い、百々子は続ける。

「本当に冷たい人は、他人を傷つけることをためらわないし、困ってる人に手を差し伸べたりもしない。クラスの空気を読んで、波風立つ前に場を取り仕切ったりしないよ。だから、それができるあなたはやっぱり優しいよ」

百々子は透の目を真っすぐに見て言った。つい熱く語ってしまったのは、本心だったからだ。それにご機嫌を取る必要のない相手に、〝誕生日おめでとう〟と言ってくれた人が冷酷だとはとても思えなかった。

二人の間に沈黙が流れる。次の瞬間、透が声を立てて笑った。とびっきりに顔をくしゃくしゃにして。

何が可笑しいのかわからなかったが、百々子はその笑顔に胸の鼓動が波打つのを感じた。初めて透の本当の笑顔を見た気がして釘づけになる。心臓が胸を突き破りそうなほど、激しく動き続けている
透が再び席に戻ってきて、椅子に腰かけた。

「いや、参ったわ。あんたのこと見くびってた。今日一つだけわかったことがあるから、さっき俺が言ったこと、訂正させて」

百々子の透の分析は、おおむね合っていたということなのだろう。いつの間にか、透を感服させていたらしい。

「〝じろじろ見てくるから、あんたもその部類かと思った〟って言ったと思うけど、あんたは〝その部類〟には入らないね。遠慮のない失礼なヤツだと思ってたけど、そ

れは俺の勘違いだった」

そう言うわりに、謝らないところが透らしい。なんともわかりにくいが、透なりに百々子を褒《ほ》めているようだった。

口が悪いということは裏を返せば、言葉を選ぶのが下手だということ。そう考えると、百々子の中で透という人物が、不器用だけれど素直で、信頼できる相手のように思えてきた。

急に透のほうが自分より格上のように感じられ、なんだか打ち負かされたような気分になる。その半面、そんな相手と少しわかり合えたことが嬉しかった。

ふと気づくと、透と見つめ合っていた。照れくささに、百々子は慌てて顔を背ける。すぐに透の笑いを堪えるような声が正面から聞こえてきた。

元来、ルックスがよくて、自分がモテると自信満々なタイプは、百々子の苦手とするところだったが、いつの間にか、そんな心の障壁は消えていた。

＊＊＊＊＊

十一月の第一月曜日、木枯らし一号が吹いた。

その冬の便りを知ったのは、地下鉄の車内にある電光掲示板のニュースからだった。今年は暖冬が予想され、例年より観測が遅くなるのではないかという気象庁の予測は見事に外れたようだ。

今朝、家を出てからあざみ野駅に向かう途中、顔と身体に感じる冷気がよりいっそう鋭くなったように感じられたのはこのせいかと、百々子は納得する。

視線を電光掲示板から窓の外に移すと、よしっ！　と気合を入れる。高島町駅《たかしまちょう》を過ぎた辺りでつり革から手を離し、電車の揺れに気をつけながら、そっと扉の方へ移動する。

「桜木町《さくらぎちょう》、桜木町」というアナウンスと同時にプラットホームへ下りると、百々子は一目散に駆け出した。

エスカレーターに並ぶ長蛇の列を素通りし、ローヒールの音を響かせながら、階段を一気に駆け上る。まばらになった人波を器用にかき分けながら地上に出ると、見上げた先には横浜ランドマークタワーが大きくそびえ立っている。

みなとみらい地区にある高層オフィスビル。その七階に百々子の職場がある。

百々子はつま先にぎゅっと力を入れると、もう一度駆け足で会社を目指した。おかげで桜木町駅から、ゆっくり歩いたら十三分かかるところを七分で着くことができた。

デスクに着いた途端、百々子は力尽きたように椅子の背もたれに身体を預けた。

「間に合った……」

ギリギリセーフ。遅刻を無事阻止できたことにホッと胸を撫で下ろす。

「先輩、おはようございます。って、今日は一段と髪がボサボサじゃないですか」

隣の席で、二つ年下の後輩が呆れたように言う。彼女の名前は川内由希《かわうちゆき》。気心の知れた同僚の一人だ。

「おはよう、由希ちゃん。髪のことは気にしないで。駅から走ってきたせいだから」

「もう、先輩ったら。今日は十一時から展示会の最終打ち合わせがあるんですからね」

「わかってる。安心して。渋谷《しぶや》だから十時前に出れば間に合うわよね。それまでにちゃんと身だしなみはチェックするから。さすがにこの状態でクライアントに顔は出せないよ」

もともと百々子の髪質は猫の毛のように柔らかく細いため、肩より長めのロングヘアは少し急いだだけでも、あちらこちらに髪が散ってしまうのだ。ふわふわしていてうらやましいと言われることもあるが、仕事で走り回ることが多い百々子にとっては不便なだけだった。

百々子はパソコンを立ち上げてメールのチェックを済ませ、急いで化粧室へ駆け込んだ。予想どおりメイクも少し崩れていて、厚塗りにならないように注意しながら素早く処置を施す。そして髪と身なりを整えると、すぐに由希と共に渋谷へ向かった。

百々子が東京《とうきょう》の大学を卒業し、イベント企画会社〝エム・プランニング〟に入社したのは五年前のことだ。現在、百々子は第一本部のイベントプランナーとして、主に企業の商品販売を促進するキャンペーンや展示会、フェスティバルなどの企画を担当している。

化粧品から食品、電化製品まで担当する商品はさまざまで、イベントの内容についての企画はもちろん、集客や会場の設営・演出、それに伴う人員等の手配、当日の運営、来客者へのアフターフォローなど、オールラウンドに担当する。

この日の渋谷の打ち合わせは、今週の水曜日から金曜日にかけて開かれるアパレル製品の展示会への出展について、クライアントと最終確認を行うためだ。

百々子と由希が中心に、クライアントの担当者と数カ月かけて練り上げてきたプランである。失敗が許されるものではなかった。当日のタイムスケジュールや人員の配置など、漏れがないか、一時間ほどかけて綿密に確認し合った。

打ち合わせを終えて、会社に戻ると午後一時を回っていた。百々子と由希が真っ先に向かったのは社員食堂だ。どんなに時間に追われていても、空腹を満たすことを優先するのは人間の本能である。

二十五階建てビルの最上階にある社員食堂は、昼のピーク時を過ぎたとはいえ、依然たくさんの人で賑《にぎ》わっていた。一般開放もされていて、地上約百メートルからみなとみらいを一望できる景色のよさと、安くて美味しいことから、いつも三時近くまで席はいっぱいで客足が途切れることがない。

トレーを手にやっとの思いで席を確保し、二人で向き合って座る。今日のメニューは、百々子が鮭の西京焼き定食、由希がきのこハンバーグ定食だ。

「席を見つけるまでが時間の無駄ですね。今日は特に混んでるみたいですし、もう勘弁してほしい」

座ったそうそう由希の口から愚痴がこぼれる。クライアントの打ち合わせで疲れているせいもあるのだろう。

「しょうがないよ。今日は月曜日だからね」

百々子の経験上、月曜日は社員食堂の利用率が高い。由希を元気づけるように、両手を合わせて、いつもより明るく「いただきます」と唱えると、早速小鉢のひじき煮に箸を伸ばした。続けてほぐした鮭とご飯も口に入れる。

つい食べるペースが速くなってしまうのは、すでに午後の予定で頭がいっぱいだからだ。昼食の時間すら心置きなく休めないなんて、捕らわれの身も同然だ。

先ほどの打ち合わせが無事に終わりホッとしたいところだが、まだ今日、明日で山のようにやることが残っている。しかも、その展示会の終わった翌日の土曜日、日曜日には、池袋《いけぶくろ》の複合施設のイベントスペースで開催される、新しいオリーブオイルのPRイベントの補助に入らなければならない。

「インフルエンザが流行り出したみたいだし、体調崩さないようにね」

「インフル云々《うんぬん》以前に、この仕事をしている限り、いつ体調崩してもおかしくないですよ。いっそのこと体調崩して、気兼ねなく休みたいです」

「えー、それは勘弁してよ。由希ちゃんが身体壊したら、私が困るんだけど」

「せめて土日をしっかり休みにしてもらいたいです。何が楽しくて私たちは世間が休みの日に仕事をしないといけないんですかね」

由希の愚痴は食事の間も止まらない。相当ストレスがたまっているのだろう。

一般の会社員と違って、百々子や由希のようなイベントプランナーの場合、休日出勤は珍しくない。新聞や雑誌社、テレビ局など、プレス向けのイベントは平日がメインだが、一般のゲストを誘致する場合は世間が休みの日、つまり土日祝日に開催されることが大半だからだ。

　そのため、仕事先の休みが暦どおりの人たちとは、必然的にすれ違いの毎日になってしまう。顔を合わせるのは朝と夜くらいで、日中、デートはおろか、一緒に食事をすることすらできない。

「嘆いてもしょうがないよ。一応週休二日制の規則は守られているわけだし、よそのイベント企画会社はもっと休みがないって聞くしね。うちは休みが確保されているだけでもマシだと思うけどなぁ」

「だから先輩は聞き分けが良すぎるんです！」

　偶然にも、この前の菜穂と同じ指摘を受け、さすがの百々子も複雑な心境だった。

「休みを確保するのは企業として当たり前のことですよ。よそのイベント企画会社と比べないでください。よそはよそ、うちはうちです。それに休みが確保されているだけマシって言いましたけど、どこがですか？　クライアントの都合によって、休日返上なんて当たり前じゃないですか！」

「……由希ちゃん、今日はずいぶんとご機嫌斜めだね」

　由希の不平不満は今に始まったことではないが、それにしても今日はやけに突っかかってくる。困ったように微笑む百々子に、由希は今にも泣きそうな声で答えた。

「先輩……私、ここで働いてたらいつか婚期を逃します。ていうか、もうすでに逃しました……」

「え？　婚期を逃すって……つい最近、今の彼と婚約したばかりじゃ……」

まさか……と思い、百々子が口を開きかけた瞬間、由希が力のない声で言った。

「一昨日、婚約を破棄されました。結婚してからもこんな不規則な生活が続くお前とは一緒にいられないって」

「ウソ⁉　ほ、本当に？」

「ウソなんてつくわけないじゃないですか……」

由希が「うぅ」と半べそをかいて唇を歪ませる。

「今度、式場の下見に行くって言ってた話は……？」

「全部なしです。完全に終わりました」

「完全に終わったって……由希ちゃん、本当にそれでいいの？　彼のこと大好きだったのに……」

由希はため息を吐きながらコップのふちをなぞる。

「私だって納得いかなくて、別れたくないって言ったんです。そしたら彼が〝仕事を辞めたら考えてやる〟って言うんです。でも、そんな急に言われても、簡単に決断できることじゃないじゃないですか」

「それはそうだよね。第一、仕事を続けてもいいって話じゃなかったっけ？」

「そうなんですよ。そういう約束で婚約したのに……。それなのにアイツ、返事に困っている私になんて言ったと思います？　〝俺より仕事のほうが大事なんだな〟ですって！　ひどいと思いません？　その一言で一気に冷めましたね。百年の恋も冷めるってこういうことなんだなって思いました」

「うわぁ、そんなこと言われたんだ……」

百々子が思わず眉をしかめると、由希はフン！　と鼻を鳴らした。

「だから言ってやりましたよ。安月給のくせによくそんなこと言えるな！　って。私が仕事を続けるって決めたのは、あんたの収入が低いからだろって！」

たしか由希の彼は由希より三つ年上だったはずだ。年下の彼女から放たれた言葉は相当刺さったに違いない。

「彼のことはもう吹っ切れてるからいいんです。でも、こうなった原因って少なからず私にもあるじゃないですか。勤務が暦どおりの彼とは、休みなんて全然合わなかったですし、私の残業や休日出勤のせいで、すれ違いが多かったのは事実ですから。それでも、どんなに忙しくても時間を見つけて彼に会いに行ってたし、私なりに尽くしてきたつもりでした。なのに、こんな仕打ちってあります？」

　由希は口を挟む隙も与えずに続ける。

「そもそも、原因の根本は会社にあると思うんです。こんな不規則な生活を強いらされて、何がワークライフバランスですか。いくら真面目に働いても、ここにいる限り私はずっと独身のままなんですよ！」

　そう言うと、由希は唇をとがらせ、目を伏せた。今の大きな声で、周囲の人が何事かとこちらの様子をちらちらと見ている。

「由希ちゃん、わかったから落ち着いて。ほら、みんな見てるし、ねっ？」

　すると由希は、コップを手に取って一気に飲み干した。そして、「もう大丈夫です」といつもの様子に戻って顔を上げた。ため込んでいたものを吐き出して、少しすっきりしたらしい。百々子は内心ホッとした。

「その彼とは縁がなかったんだよ。それに、早い段階で彼の本質に気づけてよかったじゃない。仕事に理解のない男なんて、今どきナシだよ。由希ちゃんはまだ若いんだし、これからたくさん出会いがあるよ。真面目に生きてれば、もっと素敵な彼がすぐ見つかるって」

「……甘いです、先輩」

先ほどの泣き言から一転、ドスの利いた声に、百々子は面食らう。

「待ってるだけじゃダメなんです。だから私、今度婚活パーティーに行ってきます！　婚活するんです」

「婚活って……由希ちゃんまだ二十五でしょ？　別にそんな焦らなくても」

「婚活は早いに越したことないです。恋愛はコスパが悪いって言われてる時代ですよ。これから理想の男性に出会えるとは限らないですし、出会えたとしても結婚できるかわからないじゃないですか。付き合いながら、時間をかけて相手に結婚の意思があるかどうかを探っていくくらいなら、初めから同じ目的の男性と恋愛がしたいんです。そのほうが手っ取り早いじゃないですか」

「手っ取り早いって……」

「だから、先輩も一緒に行きましょう！　婚活パーティー」

「えっ、私？　私は遠慮しとくよ」

百々子は思い切り首を左右に振る。

「どうしてですか？」

「どうしてって……由希ちゃんなら聞かなくてもわかるでしょ。私、付き合ってる人いるから……」

百々子がそう言うと、途端に由希が眉根を寄せる。

「……ああ、先輩という彼女を放置する彼のことですね」

「放置って……ただ仕事が忙しいだけなの。それに、忙しいのはお互い様だしね」

透は基本、土日祝日が休みだ。休日はたいてい仕事に追われている百々子が透との時間を確保するのは難しかった。それは透だって同じだろう。

しかし、お互い社会人五年目。すれ違いの生活は今に始まったことではない。だから特に気に留めることはなかった。これが自分たちの生活スタイルなのだと、百々子はそう理解していたつもりだった。今は仕事に打ち込み、キャリアアップを重ねる時期なのだと、自分に言い聞かせていた。

「お互い様って……先輩、たしかこの間は久しぶりの土日休みでしたよね。彼には会えたんですか？」

百々子の恋愛事情を知っている由希にウソは通用しない。百々子は思わず黙り込んだ。もちろん、答えはＮＯだ。

「やっぱり……。そうだと思いました。会えなくなってもうどれくらいですか？」

「……一カ月経ったかな」

「一カ月経ったって……連絡は？」

「三日に一度はくれるよ。それで生存は確認できてる」

といっても、相変わらず淡泊なメッセージだが、今はそれだけでもいいと思ってる自分がいる。

「三日に一度!? ちょっとそれだいぶあり得ないです」

由希の呆れ顔に、普通の恋人たちはもっと頻繁《ひんぱん》に連絡を取り合うものなのだと、今さらながら自覚する。

「でも、仕事が忙しいんだから仕方ないよ」

「それは先輩だって一緒じゃないですか。お互い様って言ってましたけど、先輩はどんなに忙しくてもマメに連絡してるでしょ。彼と圧倒的に違うのはそこですよ。私、知ってますよ。仕事中も彼からの連絡をこまめにチェックしてること。そのときの悲しそうな顔を見るたび、私は先輩が不憫《ふびん》に思えてなりません」

図星だった。百々子はそこまで由希に気づかれているとは思ってもいなかった。戸惑う心を、お茶で喉を潤すことで落ち着ける。

「仕事に対してストイックな人なの。忙しいのは理解しているし、仕方のないことだから」

「仕方ない、仕方ないって……さっきからそればっかじゃないですか。理解ある彼女を無理して演じる必要なんてないですよ。先輩自身がつらくなるだけです」

〝無理して演じる〟という言葉が、百々子の胸に突き刺さる。そんな百々子の心中をよそに、由希は声をひそめて顔を寄せてきた。

「こんなこと言うのあれですけど……先輩の彼、もしかしたらほかに女がいるんじゃないですか？」

またしても菜穂と同じ指摘をされ、過剰に反応してしまう。

「それは絶対ないよ！　透はそんなこと、するような人じゃない……」

断言したものの、百パーセントないと言い切る自信はなかった。

でも、信じている。不安がないと言ったらウソになるし、そう信じていたいだけなのかもしれない。それでも百々子は透を疑いたくなかった。

フェードアウトしていった百々子の頼りなげな声に、由希のトーンも一気に落ちる。

「ごめんなさい。私、先輩の彼のこと何も知らないのに、無神経なこと言っちゃって……」

「ううん、私こそごめんね。由希ちゃんは私のことを思って言ってくれたのに……」

悲しそうに瞳を揺らす百々子に、由希は小さく首を横に振る。

「謝らないでください。私だって、もし自分の大切な人のことを悪く言われたら嫌ですもん。先輩は彼と付き合いが長いからこそ、一番近くにいるからこそ、なおさらそう思いますよね」

百々子はきつく唇を結んだ。果たして、今は〝一番近くにいる〟と言い切れるのか、自信がなかった。すると由希は口を開く。

「先輩、私、もう一つだけ無神経なこと言います。今の先輩を見ていられないから、言わせてください。これは私からの本気の提案なんですけど、やっぱり一緒に婚活パーティーに行きません？」

「由希ちゃん……」

「付き合って九年経つのに、彼から結婚のアクションは何もないんですよね？　私、先輩はもっとほかの男性に目を向けてもいいと思うんです。だから、試しに軽い気持ちで行ってみませんか？」

由希の瞳が本気だと言っている。

透以外の男性に目を向けることなんてできるのだろうかと、百々子は自身に問いかけてみる。答えを出すのに、時間はかからなかった。

「由希ちゃん、ありがとう。でも、ごめん。私、行かない」

〝行けない〟ではなく〝行かない〟と、百々子ははっきりと口にした。

「自分がされたら嫌なことはしたくないし、透を裏切りたくない」

「……要するに、彼のことが大好きってことですね」

由希が困ったように笑う。

「先輩は真面目っていうか、本当に一途ですよね。そこまで想える先輩がうらやましいです。でも、残念だな。先輩に新しい出会いを提供して、幸せになってもらおうって思ってたのに」

由希は少し不服そうに、あと一切れになっていたハンバーグにフォークを突き刺す。

百々子を思うあまり、透のことをよく思っていないらしい。

「由希ちゃん、そういうのを余計なお世話って言うんだからね」

湿っぽい空気は性に合わないので、わざとらしく明るい口調で釘を刺す。

「先輩のことを想って言ってるんです。怒られついでに、もう一つ余計なお世話を口にします。先輩、最近女子力を放棄してないですか？　服も似たようなものばかりだし。たまにはパンツスタイルじゃなくて、スカートをはきましょうよ。ちゃんとすればば、キレイな部類に入るんですから」

「キレイな部類って……」

「今日だって遅刻直前に出社してきましたよね。おかげで髪はボサボサ、それどころか、化粧や服まで乱れてました。どうせギリギリまで寝てたんですよね？」

言い返したいが、由希の推測が見事に的中しているので何も言葉にできない。

キレイ系ファッションの由希と違って、百々子は地味で控えめな格好のことが多い。常にクライアントと関わる仕事なので、フォーマルな服装を意識しているが、キレイめより、シックな色合いを選んでしまう。

「〝朝を制する者は一日を制す〟って言葉知りません？　朝の過ごし方で、一日が決まるんですよ」

「だって寒いの苦手なんだもん。朝は特に冷えるからついギリギリまで寝ちゃうの。でも、髪と化粧は会社に着いてから直したし……。服装についてはやむを得ないよ。パンツスタイルって楽なんだもん。いざっていうときも走りやすいし」

いつもはもう少しきちんとしていると抗議したかったが、由希の反論にあうのが目に見えているので、口にはしなかった。

「そういう問題じゃないですよね？　先輩、手抜きにも程がありますよ」

透が家にいない日が続いているため、何につけても手を抜き気味な自覚はあった。

その点については、由希の言葉を甘んじて受け入れるしかない。

「先輩がそんなんだから、二人の関係がマンネリ化してるのもあるんじゃないんですか？　このまま捨てられても知らないですよ」

心のどこかで心配していることを目の前に突きつけられ、斧《おの》で切りつけられたような痛みが走る。百々子は箸を止めると、ぼそりと呟いた。

「マンネリ化か……」

付き合いの長いカップルなら、誰もが一度は直面する問題かもしれない。しかし、透と会えないことが当たり前になっている今、互いの関係がマンネリ化しているのかどうかさえ、百々子にはよくわからなかった。

最後に透に触れたのは、そして触れられたのはいつだろう……。思い返してみるが、はっきりとは覚えていなかった。

「一緒にいることが当たり前になりすぎると、マンネリ化しやすいらしいですよ。刺激が減ったとか、ときめかなくなったとか、ほかにも原因はいろいろあるみたいですけど」

「でも、今の私たちはマンネリ化の心配よりも、忙しくて会えないことのほうが問題だと思うんだけど」

「先輩、それは違いますよ。仕事が忙しくて会えないなんて言い訳していること自体が、マンネリ化のサインですよ。昔なら〝どうしても会いたい〟と感じていたものが、〝忙しいならいいか〟になっちゃってるわけです。特に男の人って刺激に反応しやすいじゃないですか。今の先輩、彼にときめきを与えられてます？」

由希の情報源は不明だが、容赦なく急所を突いてくるので、先ほどからダメージの連続である。

「彼をときめかせるために、まずは身なりから変えていきましょう。どうせ先輩のことだから、彼と一緒にいるときも、だいたいそんな感じなんですよね？」

返す言葉がなかった。ただ、透の前でも手を抜いていられるのは、ありのままの自分でいられている証拠でもある。学生時代からずっとそうしてきたので、そんなことを気にする発想すらなかった。

百々子はうつむいて、自分の姿を見下ろす。華やかな業界にいるのに、我ながらなんて地味な格好だろう。今まで透からダメ出しされたことは一度もないが、それが由希の言うマンネリ化の一因になるのなら、真剣に考えたいと思った。

「先輩に似合う格好を私が見立てますね。早速予定の合う日に服を見に行きましょう」

やる気満々な由希に、百々子は遠慮がちにうなずいた。たしかに会えない今こそ、変わるチャンスなのかもしれないと思う。由希のお節介ぶりには内心苦笑したが、ここは素直に甘えることにした。

すると、「二人とも楽しそうだね」と背後から声をかけられた。

百々子が振り向くと、直属の上司である朝比奈陽一《あさひなよういち》がトレーを手に立っていた。陽一の肩書は第一本部主任。今週末、百々子と由希が担当する展示会の責任者でもある。

「朝比奈主任、お疲れ様です。戻ってらしたんですね」

陽一に向き直った百々子が先に挨拶すると、由希も続けて頭を下げた。

「うん。意外と早く外回りが終わったんだ」

温和な人柄に加え細身で背が高く、おまけに甘い顔立ちの朝比奈は、社内の女子だけではなく、社外でも評判になっているほどだ。

「朝比奈主任が社食って珍しいですよね。今日は彼女の手作り弁当じゃないんですか？」

「ちょっと、先輩！」

百々子がなんの気なしにたずねると、由希が慌てた様子で口を挟んだ。不思議に思って小首を傾げると、陽一が微笑んだ。

「残念ながら、最近別れてね。当分、社食のお世話になる日が続きそうだよ」

知らぬがゆえの失言とはいえ、百々子は凍りついた。話を広げたつもりが、完全に裏目に出てしまった。

「す、すみませんでした。何も知らずに大変失礼なことを……」

百々子が慌てて頭を下げると、頭上から陽一の穏やかな声が降ってきた。

「どうして月岡さんが謝るの？　全然気にしてないから大丈夫だよ。僕のほうこそ気を遣わせてごめんね」

見上げた先には陽一が優しい眼差しで見つめていた。気を悪くさせたのではないかと心配したが、杞憂《きゆう》に終わったようだ。

百々子がほっとした表情を見せると、陽一が顔をほころばせながら、突然話題を変えた。

「月岡さんの髪はふわふわだね」

百々子は一瞬、きょとんとした。すぐに、陽一の視線が自分の口元に向けられていることに気がつき、ハッとしてサイドの髪を素早く耳にかけた。

恥ずかしいことに、いつの間にか髪の毛先が口元にくっついていたのだ。ふわふわだという言葉で指摘してくれたのは陽一なりの心遣いだろう。由希にボサボサだと言われたばかりなので察しがついた。

百々子はいたたまれず、陽一から視線をそらした。すると、陽一が百々子の顔を心配そうにのぞき込んだ。

「ごめん。デリカシーに欠けてたよね」

「いえ、そんな！」

百々子は全力で首を横に振る。「あっ！」と声を上げたときには遅かった。先ほどよりもさらに髪が乱れてしまい、急いで手ぐしで直しながら、〝いい加減学習しろ私〟と心の中で自分を叱咤《しった》する。

陽一は小さく声を出して笑った。

「月岡さんって見ていて飽きないよね。今朝の奮闘ぶりを思い出したよ」

「今朝……ですか？」

百々子に何か奮闘した記憶はなかった。心当たりがあるといえば、急いでメールを確認し、化粧室に向かったことくらいだ。

「ほら、会社の階段を一階から七階まで猛ダッシュしてきたんでしょ？　ちょうど僕がエレベーターから降りたときに、月岡さんが息を切らして駆け上がってくる姿を見たんだ。ガッツあるなぁって感心したよ」

今朝、始業時間前にビルにたどり着くことのできた百々子だったが、どのエレベーターもちょうど上の階に向かって動き出したところで、しばらく一階に降りてきそうになかった。のん気に到着を待っていたら完全に遅刻だと思い、階段を駆け上がることにしたのだ。

「先輩……」

振り返らなくても由希の呆れ顔が目に浮かぶ。〝ほら、そういうところですよ〟と言いたいに違いない。

「見られていたなんてお恥ずかしい限りです。年甲斐もなく、みっともないですよね。今後は気をつけます」

階段を上り切った後の顔といったら、相当ひどかったに違いない。

「いや、僕は否定しているわけじゃないよ。むしろそういうところが、月岡さんのいいところだと思ってるから」

さらりとそう言えるところが陽一らしい。さりげなくフォローしてくれるあたりは仕事のときと一緒だ。陽一がモテるのも当然だと、百々子は思う。

「じゃ、また後で。今週は忙しい日が続くけど、みんなで力を合わせて頑張ろうね」

陽一は微笑むと、空いている席に向かった。

「相変わらずカッコいいですよねぇ、朝比奈主任」

陽一が離れると、由希が目を輝かせながら言った。

「そうだね。女子社員に人気なのもわかるよ」

「優しくて、スマートで、そのうえ仕事もできるなんて申し分ないですよね」

「由希ちゃん、朝比奈主任がタイプなんだ？」

「タイプっていうか、理想の人ですね。付き合ったら絶対大切にしてくれそうじゃないですか。結婚するなら朝比奈主任みたいな人がいいです。ザ・大人の男性って感じで素敵です」

由希からすると、三十路を超えた陽一には、同年代の男性にない魅力があるらしい。

「彼女と別れたっていう噂は本当みたいですし、朝比奈主任、これから争奪戦でしょうね。独身女からしたら今が狙い目ですからね」

由希が自信たっぷりに言う。百々子は思い出したように食いつく。

「朝比奈主任が彼女と別れたなんて全然知らなかったんだけど。噂すら耳に入ってこなかったし、びっくりしたよ」

相手が陽一だったから角が立たずに済んだものの、もしそうでなければとんだ失態になるところだっただ。

「先輩って、その手の情報に疎《うと》いですよね。聞いてるこっちがヒヤヒヤしましたよ。

仮に噂になってなくても、普通察しますって。いつも彼女の手作り弁当を食べていた人が突然社食に足を運ぶなんて、理由《わけ》ありに決まってるじゃないですか。それに今日に始まったことじゃないですし。先週も社食に来てましたよ。気がつきませんでしたか？」

「ごめん、気づかなかった……」

百々子が呟くと、由希はやれやれといった様子で顔をしかめる。

「どうせ先輩のことだから、頭の中は仕事のことばかりで、周りのことは見えていなかったんでしょ。時間に追われながら食べてる姿が目に浮かびます」

先ほどから散々な言われようだが、口うるさいのは由希なりの愛情表現の裏返しだと、百々子は受け止めている。要するに気を遣わずにいられる仲だということだ。

「だって、やることが山積みなんだもん」

「せめてお昼休みくらいは、仕事のことを忘れましょうよ。朝の奮闘ぶりといい、先輩は女性としての〝おしとやかさ〟に欠けてます」

「そんなこと、改めて言われなくてもわかってるよ」

「わかってるなら、まずはレディーとしての自覚をですね——」

由希はまるで学校の先生か何かのように諭《さと》し始めた。百々子は耳の痛い話に、身体を縮こまらせて「ハイハイ」と適当に相槌を打つ。

ふと腕時計に目を向け、百々子はぎょっとする。

「やだっ、ちょっともうこんな時間じゃないの！　ほら由希ちゃんも急いで‼　のんびりしてたら会議に遅れちゃう」

百々子はまだ残っていた焼き鮭をかき込む。そして思い切りむせる。

「先輩……」

由希がため息を一つ漏らした。


その日の夜、百々子が帰宅したのは夜の十一時過ぎだった。

自宅のドアを開けると、玄関に男性用の靴があった。

まさかと思い、自分の脱いだ靴が倒れるのもそのままに、一直線にリビングに向かう。奥の扉を開けると、透の姿があった。

「透、帰って来てたんだ！　連絡くれればよかったのに」

久しぶりの再会に、自然と声が弾んだ。

もしかして今日は一緒にいられるのかと、百々子の胸は期待で踊る。しかし、その期待は一瞬で打ち砕かれた。

「ああ、だいぶ冷え込むようになってきたから、着替えを取りに帰ったんだ。今日もこれからまた出社して、会社に泊まることになるけど……ごめんな」

百々子が透の手元に視線を移すと、大きめのレザートートバッグが握られている。着替えを詰め込んだらしく膨らんでいて、服装はスーツ姿のままだった。

一瞬絶句したが、自分の落胆を悟られぬように、百々子は無理やり笑顔を作った。

「仕事、大変そうだね」

以前会ったときよりも、透は少し痩せたように見えた。忙しくて満足に食事も取っていないのだろう。

できるなら、今夜一晩だけでも身体を休めてほしいが、自分のことよりも、仕事や仲間のことを優先する透が首を縦に振るわけがないことを、百々子は知っていた。

「うん。システムに重大なトラブルが発生してしまって、その対処に追われているんだ。もう少しの間、缶詰め状態が続くと思う」

「ちゃんとご飯は食べれてるの？　きちんと眠れてる？」

「ああ。心配すんな」

透ははぐらかすように笑顔を見せると、玄関に向かった。靴をはく透に、別れを惜しむように百々子が声をかける。

「くれぐれも身体には気をつけてね」

「わかってる。大丈夫だよ」

透がドアノブに手をかける。その背中に百々子は、「透！」と思わず呼び止めた。

「……次はいつ会えそう？」

透はゆっくりと振り向くと、肩を落とす百々子の頭をぽんぽんと優しく叩いて微笑む。しばらく触れていなかったその温もりに、少し心が落ち着きを取り戻すのがわかった。

「あと少しで一段落するから、そのときはゆっくりしような」

「うん……」

「じゃ、行ってくる。百々子も仕事が忙しいみたいだけど、無理はするなよ」

透は疲れた素振りを見せることなく、仕事へ向かっていった。

ドアが閉まる渇いた音が玄関に響く。その場に百々子は一人立ち尽くす。

一カ月ぶりに会えたというのに、名残惜しいのは私だけなの？　仕事が大事なのはわかるけど、もうちょっと寂しそうな顔をしたり、甘い台詞を囁《ささや》いてくれたりしないの？

百々子は悲しみと不満でいっぱいだったが、そんな気持ちを透にぶつけることは、今までどおりなかった。

翌々日の水曜日。そんな透とのすれ違いを引きずる間もなく、百々子はアパレル展示会当日の朝を迎えていた。

この展示会は、毎年都内で春と秋に開催されているもので、回を追うごとに出展企業が増加している。今回から会場が変更となり、初めて五百社を超える企業が出展する。第一回目から開かれている業界のキーマンによる質の高いセミナーも人気で、主催者の地道な努力が実を結んだ形だ。

展示会には、バイヤーやプレス関係者が多数来場する。出展側は次のシーズンに展開する商品サンプルを公開し、関心を示したバイヤーと商品内容や取引条件等について交渉を行い、商談の成立をめざす。売上に直結する大切な場となっている。

前日までにブースの設営からサンプルの展示までほぼ完了済みだったが、百々子たちは朝早くから会場入りし、来場者へのアンケート用紙の用意など、細かな準備に余念がなかった。

開幕まで二時間を切った頃、クライアントの責任者がブースに顔を出した。百々子はサンプルの並びなどを調整中のため手が離せずいると、陽一が代わりに応対に当たった。

　初めは二人で和やかな雰囲気で話をしていたが、百々子が再び目をやると空気が変わっていた。陽一とクライアントの輪に由希が加わり、クライアントの責任者が険しい表情を浮かべている。そして、陽一と由希が深々と頭を下げた。

　何か重大なトラブルが発生したのは間違いなかった。調整が終わった百々子も駆けつけようとしたところ、由希が慌てた様子でやって来た。

「先輩……」

「どうしたの？　何があったの？」

「昨日到着しているはずのノベルティが見当たらないんです」

　由希の顔は真っ青で、涙ぐんでいる。肩は小さく震えていた。

　百々子はクライアントと陽一を盗み見る。

　クライアントが激怒しているのは明らかだった。

　それも仕方ないだろう。このイベントでは、毎回ひと工夫もふた工夫も加えた価値の高い品を配布していて、ノベルティ目当ての来場者も少なくないからだ。ノベルティの製作自体はいつも同じ専門業者に依頼しているが、単にイベントのロゴを入れるだけでなく、ほとんどオリジナルに近い形の注文に対応してもらっている。

実際、百々子は配布したノベルティが、オークションサイトで十数万円の値がつけられているのを見たことがある。

今回用意したのはエコバッグだったが、新商品とリンクしたデザインになっていて、百々子の目から見ても、店頭でそのまま取り扱ってもいいくらいの仕上がりになっていた。

「どうだ？　本当にここへは到着してないのかい？　到着していて、ほかのブースに紛《まぎ》れ込んでしまった可能性はない？　バタバタせずに落ち着いて考えてみよう」

陽一も合流して、優しくなだめるように由希に話しかける。

「そう思って私も、会場の管理者に入荷記録を確認してもらったんです。でも、荷物そのものが届いていないようなんです。本来、昨日のうちにチェックしておくべきだったのに失念していました。商品管理は私の担当なのに……。本当に申し訳ありません！」

由希の声はひどく震えていた。

たしかにミスはミスだが、昨日設営が押してしまい、ノベルティの用意は今朝、行う話になっていた。荷物が到着しているか確認しておくべきだったが、起こり得るミスではあった。

「ううん、私も気づいてなかったんだから同罪だよ。今は反省より、解決に専念しよう」

　今回の展示会を誰よりも楽しみにしていたのは由希だ。ノベルティの原案となるアイデアを出したのも彼女で、寝る間も惜しんで準備に取りかかってきた姿を見ているだけに百々子は胸を痛めた。

「ノベルティ会社には確認してみた？　あっ、そうか……まだ始業前だからあそこは留守電になるだけでつながらないか……」

「そうなんです。九時にならないと――」

　そう答えかけた由希が、「あっ！」と大きな声を上げた。

「どうした？　何か思い出したか？」

　陽一が由希の顔をのぞき込む。

「あっ、はい。たぶん……ですが、以前の会場に送ってしまったんじゃないかと」

「どうして？　今回から会場が変わることは伝えてあるんだよね？」

「ええ。ちゃんとメールで配送先はお伝えしたんですが、電話で話したとき、事務の方が〝例のイベントですね。大丈夫です。いつもどおり手配しておきます〟って明るくおっしゃられて……。私、気にも留めず、〝お願いします〟って。……でも、やっぱりあり得ないですよね、配送先を間違えるなんて」

尻すぼみになる由希だったが、あり得る話だと百々子は思った。お願いしているノベルティ会社は腕のいい職人が集まっている半面、昔ながらの体質の会社で、事務処理などのチェックはシステム化されていないように思えた。

百々子は陽一を見上げ、きっぱりと言い切った。

「私、今から変更前の会場に行ってみます」

百々子に迷いはなかったが、陽一は目を丸くする。

「でも、本当に配送されているかわからないよ。確認が取れてから向かったらどうかな。仮にあったとしても、すぐ見つかるとは限らないし。いずれにしても、開場までに戻ってくるのは難しいだろうから」

陽一の言葉に、泣きそうな顔で由希が続ける。

「そうですよ。私、もう処分を受ける覚悟はできてます。これ以上、ご迷惑はかけられません」

すると、百々子は由希に向き直り、諭すように言った。

「ミスするのは仕方ない。でも、あきらめちゃダメよ。そっちのほうがいけないことだと思う。由希ちゃん、今回のために誰よりも頑張ってきたじゃない。何度も企画書を練り直して、打ち合わせを重ねてきたのは、このイベントを成功させて、クライアントに喜んでもらいたいからでしょ？　その想いを簡単に捨ててしまっていいの？」

「でも、もう時間が……」

「私がなんとかする。やりもしないで見切るのはやめよう？　今は可能性だけを信じようよ。誰にどう言われようが私は最後まで足掻《あが》くから。由希ちゃんも念のため、もう一度会場の中を探してみて」

「先輩……」

　由希の目にうっすらと涙が滲んでいる。

「そういうことなら、月岡さん、僕も行くよ」

　踏み出そうと足に力を入れたところで、陽一が声をかけた。人が困っているときに、ためらいなく助けに入るのが陽一だ。しかし百々子はにこりと笑む。

「朝比奈主任、ありがとうございます。でも、主任はここにいてください。きっとみんな不安になっていると思います。こういうときこそ、冷静に場を仕切れる主任が残っていたほうが、みんな安心します」

　意外な返答に思ったのか、陽一は少し驚いたような顔をした。

「……月岡さんには敵《かな》わないな。わかったよ。僕はここに残るからあとは頼むよ」

「はい！」

百々子は強くうなずくと、ローヒールの音を響かせながら一目散に出口へ駆け出し、ロータリーに停車していたタクシーに飛び乗った。行き先を伝え、車が走り出すと、変更前の会場に電話をかけて、詳しい経緯を説明する。

幸い前回の会場まで、道が混んでなければ車で十五分ほどの距離だ。探す時間を短縮できれば、開幕の時間までに戻ってこられる望みはある。

もっとも、向かう先に探し物があるかどうかはわからない。

でも、人生なんてすべてそんなものだと百々子は思う。確実な未来など何一つないのだ。できることは信じて突き進むことだけ。信じる力がなければ、何も始まらない。たった一パーセントでも可能性があるのなら、それに賭けたいと百々子は思った。

日が沈み、外はすっかり暗くなっていた。

展示会は三日間全日、盛況のうちに幕を閉じ、場内は撤収作業に入っていた。

ここまで来ればあとは造作ない——。百々子はそう自分に言い聞かせ、最後の力を振り絞って足を踏ん張っていた。

百々子が黙々と後片づけをしていると、「お疲れ様」と、背後からねぎらいの言葉をかけられた。振り返ると、陽一がレジ袋を片手に笑顔で立っていた。

「お疲れ様です。無事に終わってよかったですね」

「初日の月岡さんの活躍のおかげだよ。誰もが不可能だと思っていたことを覆すんだもん。ここぞというときの君は無敵だね。向かうところ敵なしの力って言うのかな。君にはそれがあるよね」

「そんな、恐縮です。私はただ探しに行っただけですよ。向こうの会場のスタッフの方が探してくださっていたので、すぐに見つけられたんです。たまたま運がよかっただけです」

百々子が変更前の会場に到着したとき、事前にタクシーから状況を伝えていたことが功を奏し、別のイベントのために届いていた荷物の中から、すでに探し出してくれていたのだ。

「そうは言うけど、その〝ただ〟をためらわずにできる人はなかなかいないよ。少なくとも、うちの部署では月岡さんだけじゃないかな。たまにびっくりさせられることもあるけどね」

百々子は陽一を〝びっくりさせた〟心当たりがありすぎて、半分困り顔になりつつ、頬を緩める。それを察したのか、陽一が笑みを深める。

「褒めてるんだよ。前にも言ったでしょ。そういうところが君のいいところだって。展示会は大成功に終わったし、先方も喜んでくれた。川内さんに至っては感極まって泣いてたしね」

「はい。彼女が一番頑張ってたので、その努力が報われてよかったです」

百々子の心から嬉しそうな表情に、陽一の笑顔がさらに深さを増す。

「あともう一踏ん張りですね。私、向こうのエリアを見てきます」

そう言って、備品を積み重ねた段ボールを持とうと、百々子が腰を低くしたときだった。だしぬけに陽一が百々子の手をつかんだ。

「片づけはもういいから。月岡さんはこっち！」

「えっ⁉　朝比奈主任？」

陽一は百々子を近くのブースまで連れて行くと、「ここに座って」と椅子に座るよう促《うなが》した。その声には先ほどとは違い、有無を言わさぬ響きがあった。

百々子は、陽一の急な変化に戸惑いつつも、言われたとおりに腰かける。

すると、陽一は百々子の前にしゃがみ込み、左足を立て、右膝を床につける姿勢で、百々子の足先に目をやる。そして、手にしていたレジ袋の中から、ミネラルウォーターのペットボトル、何か小さな箱、タオル、さらにサンダルを取り出した。

百々子が不思議がっていると、陽一が「ごめん、触るよ」と言って、百々子の左の足首を優しくつかみ、もう片方の手で靴と膝下のストッキングを脱がせた。

「な、何をしてるんですか？　足、汚れてますよ！」

「いいから黙って」

真剣な声に、思わず百々子は口をつぐむ。陽一は自分の左の太ももの上に、素足になった百々子の左足を乗せた。

「やっぱり、ここまでひどくなってたか……」

百々子の踵や指先にできた靴ずれを痛々しそうに見つめて、陽一がため息交じりに呟く。そんな陽一をよそに、百々子の意識は別のところに向いていた。

ああ、どうしよう。長時間履きっ放しのせいで蒸れているはず。そのせいで臭わないだろうか――。

いくら女子力の低い百々子といえども、女性としての感性は普通にある。

陽一はタオルを手にすると床に広げた。そして、ペットボトルのキャップを開けて右手に持つと、左手で百々子の足首をつかんで持ち上げ、立てていた自分の左膝を後ろに引いて、両膝を床につけた。

「少し沁《し》みるよ」

陽一がペットボトルの水を足首から指先に向かって遠慮なくかけた。

「痛っ……」

少しどころかひどく沁みた。冷たいやら痛いやらで、歯を食いしばって耐える。

「靴ずれで水ぶくれができてる。潰れているのもあるから、下手に消毒しないほうがいい。再生させる細胞まで死滅させて、治りが遅くなるからね。こういうときは水のほうがいいんだ」

陽一は水で洗い流した足を手際よくガーゼで拭《ふ》き取っていく。

百々子は呆気にとられながら、陽一の手つきを眺める。改めて自分の足に目を向け、眉間にしわを寄せた。陽一の言うとおり、いくつか水ぶくれが破けていて、見るに堪《た》えない状態だった。

次に陽一が取り出したのは靴ずれ専用の絆創膏《ばんそうこう》だった。水ぶくれの治癒に効果的なハイドロコロイド素材を選んでくるあたりはさすがの配慮だろう。陽一は一つひとつ丁寧に絆創膏を貼りながら、優しく諭すように続けた。

「こんなになるまで我慢しちゃって。月岡さんは普通にしてるつもりだろうけど、僕は騙されないよ。仕事中、本当は痛くて仕方がなかったでしょ?」

「い、いえ……まあ、少しは……」

本当は正直、かなり痛かった。でも、足を引きずるほどではないし、口にしたところで痛みが引くわけでもないので黙っていた。

「でも、そんな素振りを見せずに、最後までやり切るところが月岡さんらしいよね。いつだって真っすぐで、簡単に折れたりしない。何があっても自分の足で走っていく、それが君だよね」

陽一が顔を上げて百々子を見つめた。そして、真っすぐに問いかけた。

「君を動かすその原動力は何？」

不意に百々子の胸が切なくなる。次の瞬間、透の言葉が耳の奥で聞こえた。

『百々子、あきらめんな！』

遠い昔の記憶が鮮やかによみがえる。何年経った今でも色あせない。百々子は仕事でくじけそうになったとき、いつもその言葉に励まされてきた。

どんなときでも自分を励まし、動かしてくれるのは……透だった。

＊＊＊＊＊

ゴールデンウィーク明けの昼休みの教室は、明るい笑い声が飛び交い、みんなどことなく浮ついていた。

そんな中、百々子だけ一人暗いオーラを放っていた。机の上に出した弁当のフタも開けないまま、一枚の用紙を見つめて何度目かのため息をつく。

「ねえ、いい加減、それしまったら？　百々子を見てると、ご飯がマズくなる」

向かい合わせに座る菜穂が容赦なく言い放つ。

菜穂の言う〝それ〟とは、四月に受けた全国模試の結果だった。言うまでもなく、ため息の原因は、模試の結果が散々だったからだ。

菜穂はウインナーを口に放り込むと、呆れ顔で続ける。

「何度見ても結果は変わらないいんだからさ」

「それはわかってるけど……あーあ、夢から覚めた感じだよ。一気に現実に引き戻された」

百々子は肩を落として、唇を歪める。

「受験生のうちらに夢なんて見てる時間はないの。そんな糞《くそ》の役にも立たないものにいつまでも引きずられてるんじゃないわよ。嫌ならやるしかないって」

またしても菜穂が一刀両断する。可愛い顔とは裏腹に、下品な言葉も平気で口にするのが菜穂のもう一つの顔だ。

「菜穂はどうだったの？　模試の結果？」

「うーん、まあ想定内かな」

〝想定内〟という良くも悪くも解釈できる返事に、百々子は菜穂の表情をうかがう。美味しそうに弁当を口に運ぶ様子から、きっと満足のいく結果だったのだろうと判断した。

仲間を失ったような気持ちになり、百々子は盛大なため息をついた。やめろと言われたばかりなのに、また模試の結果に目をやってしまう。

「うわ、お前、理系科目全滅じゃん」

突然、左耳の近くで聞こえてきた声に、百々子は肩をびくつかせた。恐る恐る振り向くと、透が百々子の左肩から顔をのぞかせ、百々子の模試の結果をまじまじと見ていた。

「特に数学と化学は悲惨だな」

その声で百々子はようやく我に返る。試験結果をのぞかれたことより、顔と顔の距離の近さに慄き、反射的に身体を反《そ》らす。素早い動きで机の中に用紙をしまい、透を睨みつける。

「ちょっと、何見てんのよ！　勝手に見るなんて最低‼」

「人聞きの悪いこと言うなよ。どうぞ見てくださいと言わんばかりに成績を広げてるヤツのほうが悪いだろ」

　そう言いながら透は百々子の左隣の、自分の席に座った。持っていた袋から取り出したのはメロンパン一つと紙パックのコーヒー牛乳。売店で買ってきたものらしく、それが今日の昼食らしい。

　目で抗議を続ける百々子をよそに、透は素知らぬ顔でメロンパンを食べ始めた。そしてコーヒー牛乳のフタを開け、手慣れた様子で付属のストローを片手で刺す。そしてストローを吸いながら透は澄ましたような、もっと悪く言えば、小馬鹿にしたような視線を百々子に投げる。

「そんなんで、受験大丈夫なわけ？　どうやったら数学と化学でそんな低い点数が取れるんだよ」

「うるさいな！　私立文系志望の私には関係ない科目だからいいの」

いがみ合う二人のそばで、菜穂は「また始まったよ」と呆れたように呟く。空になった弁当をしまうと、机に頬杖をついて成り行きを見守る。

「だとしてもその点数って」

　堪え切れない様子で、透が噴き出す。それを見て、百々子はいっそう怒りを膨らませる。

「そういうあんたはどうたったのよ？　見せてよ」

出会った当初は「あなた」だった透への呼び名は、それなりに二人の距離が縮まったことで、いつの間にか「あんた」に変わっていた。

笑い続けている透に、百々子は手を差し出し、結果を渡すように迫る。

「どうって、いつもどおりだよ」

「〝いつもどおり〟って、本当は人に見せられないくらいひどい成績だったりして」

ふんと鼻を鳴らす百々子に、透は薄ら笑いを浮かべる。

「別に見せても構わないけど」

透が「ほら」と、鞄の中から模試の結果を取り出して、百々子に突きつけた。それを百々子は敵意むき出しの表情で奪い取る。

どうせたいした成績ではないだろうと高を括《くく》っていた百々子は、結果を見て凍りつく。第一志望の大学はらくらくA判定。しかも、都内トップレベルの超難関私立大学の理系学部だった。

透の理系科目の点数は、百々子がどれだけ勉強しても取ることは絶対に不可能と思える点数だった。しかも、百々子の得意とする文系科目も、透は大差ない点数を取っている。

きっと、持って生まれた頭の出来が違うのだろう。顔どころか頭もいいなんて、もはや百々子には、嫌味にしか思えなかった。

「感想は？」

言葉を失う百々子に、透が勝ち誇ったようにたずねる。悔しいが何も言い返す材料のない百々子は、膨れっ面を向けることしかできない。その顔を見て、透がまた小さく噴き出す。

「ミヤ、もうその辺にしてあげてよ。百々子をからかいたくなる気持ちはわかるけどさ」

二人のやり取りを見かねた菜穂が助け舟を出す。

「そうじゃねえよ。コイツが俺に突っかかってくんの」

「はあ？　その言葉、そっくり返すわ。突っかかってくんのはどっちよ？　いっつも、いっつも！」

二人で日直をしたあの日から、透が、事あるごとに百々子に絡んでくるようになったのは事実だった。勝手に輪の中に入ってきて、ちょっかいを出してくる。

百々子が反応すればするほど、透は楽しそうに笑い、そしてまたからかうのだ。

百々子は完全に透に翻弄されていた。

「てかさ、ミヤはなんでうちの高校を選んだの？　ミヤの成績ならもっと上に入れたでしょ？」

菜穂が透に向かって首を傾げながらたずねる。透のことを中学時代から知っているからこその疑問だった。

「第一志望の大学に行ければ、別に高校なんてどこでもよかったんだよ。進学校で毎日勉強ばっかの生活を送るより、普通に高校生活を楽しみたいじゃん。うちの学校は自由選択の科目が多いから、受験に必要な科目を中心に履修できるしさ。そっちのほうが効率いいし、高校はあくまでも通過点だから、名前にこだわる必要なんてないと思ってさ」

透がきちんと将来を考えて行動していることが意外だった。行き当たりばったりの自分との違いに、百々子は少し感心した。

「ま、家から近いっていうのが一番の理由だけどね」

しかし、その一言は身の丈に合った高校としてここを選んだ百々子にとっては、皮肉にしか聞こえなかった。

そのとき、「あ、やっぱりここにいた。おい、透！」と教室の入口の方から声が聞こえた。

百々子が顔を向けると、声の主は同じクラスの西島涼《にしじまりょう》だった。名前のとおり顔立ちは涼しげで、それでいて性格は茶目っ気たっぷり。みんなから〝ニッシー〟と呼ばれている。

そして涼の後ろには、やはり同じクラスの〝まこっちゃん〟こと、佐伯真人《さえきまさと》の姿もあった。可愛い顔立ちをしているのに物静かで、どこかミステリアスな空気をまとっている。

透とこの二人は幼稚園からの幼なじみで、いつも行動を共にしている。それぞれ大量の女の子のファンがいる、奇跡の三人組だった。

「おー、お前ら遅かったな」

透が手招きすると、涼と真人は疲れ切った顔で、百々子たちのもとへやって来た。

「遅かったな、じゃねぇよ。勝手にいなくなんのやめろって。残されたこっちは相手するの大変だったんだぞ」

「あーごめん」

透が思い出したように、うんざりした顔を見せる。

菜穂が「何があったの？」と口を挟むと、涼がよくぞ聞いてくれましたと言わんばかりに話し始めた。

話によれば、透たち三人がいつものように中庭のベンチで昼食を食べようとしていると、下の学年の女の子たちが集まってきたらしい。透だけいち早く察知して姿を消したが、残された涼と真人は取り囲まれてしまった。

そして逃げ遅れた二人はそのまま「ゴールデンウィーク中は何をしてたんですか?」「彼女さんはいるんですか?」「放課後はどのあたりで遊んでるんですか?」と質問攻めにあって、ようやく解放されたということだった。

話を聞いた菜穂は、「それはお気の毒。ほんと同情するよ。あんたたちみたいな人気者って大変だね」と口にしたが、その抑揚のない声から、同情など一切してないことは明らかだった。

一方、百々子も、少女漫画でしか見たことのないような話に、透たちがまるで別世界の人間のように思えた。

「それでどうせ透のことだから、避難先はここだろうと思ったよ」

涼が言うと、菜穂は何かを察したかのように苦笑した。

すると透は改めて頭を下げることもなく、「そんなことよりもっと面白い話があるんだけど」と嬉々とした表情で切り出した。

その何やら楽しげな雰囲気に、百々子が嫌な予感を覚えていると、いきなり人差し指で差された。

「聞いてよ。こいつの模試の結果なんだけど、数学と化学の点数がさぁ……」

「わーっ！　ちょっと、何暴露しようとしてんの⁉　そんなことしたらあんたの口、縫うからね‼　二度とその生意気な口を利けないようにしてやる！」

「なんだそれ？」

透が盛大に噴き出し、肩を揺らす。

イライラが頂点に達した百々子は、まだ手にしていた透の模試の結果を机に叩きつけて返す。〝バンッ〟と大きな音が響いたが、透は意に介するどころか、いっそう肩を大きく揺らした。

「もう本当にコイツやだ！　ねえ、菜穂、なんか言ってやってよ！」

菜穂が困ったように肩をすくめ、「百々子、あんたが突っかかれば突っかかるほど、ミヤの思うツボなのよ」と、涼と真人に目配せしながら諭す。

涼と真人は同調するように肩をすくめ、〝お前ら小学生かよ〟とでも言いたげな、冷めた視線を透と百々子に送る。

けれども、当の本人たちにはまったく届いていないようで、透は菜穂の言葉をどう解釈しているのか、唇の両端を上げて意味ありげにうなずいている。

そんな余裕十分な態度に、百々子の怒りのボルテージがさらに上がる。

「なんでここに来るかなぁ⁉　私は気持ちよくお弁当を食べたいのに！」

「なんでって、ここは俺の席なんだから当然だろ」

「あんたと一緒に食べたいっていう女の子がたくさんいるんだから、ここじゃなくて、その子たちと食べなよ」

「嫌だよ。なんで俺が貴重な昼休みの時間まで愛嬌《あいきょう》を振りまかなきゃいけないんだよ。あいつらと一緒にいても、毎回、同じような話ばっかでつまんないし」

「あんたの取り巻きに、その台詞を直接聞かせてあげたいよ」

透は本当に女子につきまとわれることにうんざりしているのか、この話題から逃れるように、すぐに話を切り替えた。

「ところで、涼たちは飯食えたわけ？」

「ああ。囲まれながら食べてきた。で、透はこれからかよ。それにしても、メロンパン一つでよく持つな？」

涼が心配そうに尋ねる。

「仕方ねえだろ。ほかに食いたいものも、特になかったんだから」

高校三年生の男子の昼食がメロンパンだけなんて寂しすぎるのは確かだった。透の体格からしてお腹が満たされるわけがなかった。

百々子は透のことで気づいたことがある。

クラスメートの多くが弁当を持参するか、一階の学食を利用する中、透の昼食は必ずコンビニや売店で買ったものだった。それもほとんどの場合、パンを一つか二つ。たとえ偏食家だとしても、さすがに栄養が偏りすぎている。

百々子は透のことを少し心配しながら、ようやく自分の弁当のフタを開けた。その途端、菜穂が「相変わらず百々子の弁当、美味しそうだね！」と目を輝かせる。

「そ、そうかな……」

謙遜《けんそん》したものの、ダイレクトな褒め言葉に、百々子の顔から笑みがこぼれる。

「うわぁ、本当だ。すっげぇ美味そう」

菜穂の言葉に涼が食いつくと、普段、こうした話に乗ってこない真人もさすがに気になったのだろう。遠目から、興味深そうに百々子の弁当をのぞき込んでいる。

「これ、全部百々子の手作りなんだよね」

菜穂が感嘆の声を上げると、涼が真顔で百々子にたずねる。

「それすげぇな。毎日自分で作ってんの？」

「作れるときは、なるべくね」

「ふーん。お前にも取り柄みたいなものがあったんだな」

　これまでの雰囲気を台無しにする一言が、百々子の耳に飛び込む。ムッとして顔を向けると、メロンパンを食べ終えた透が席を立ち、まじまじと弁当を眺めている。

「ま、味はどうか知らねえけどな」

「いちいちうるさいな。あんたもたまにはお弁当を作ってきたらどう？　添加物ばかり取ってると身体に悪いわよ」

「作ってる暇があるなら寝たいんだよ」

「親がいるでしょ。たまにはお願いしてみなよ。お母さんとか仕事で忙しいの？」

「いない」

「……え？」

「だからいない。小六のとき、母親は家を出て行った。それ以来、一度も会ってない」

　百々子は言葉を失った。自分の軽率な発言に青ざめる。

　たしかに弁当を持ってきたところを一度も見たことがないのだ。少し考えれば、何か事情がありそうなことくらい、気がついてもよさそうなものだ。無神経な自分を呪うが、時間は巻き戻せない。

「バカ、なんて顔してんだよ。お前が気に病むことじゃないから」

透はそう言うと、百々子の頭をくしゃっと撫でた。そして、優しい感触を残したまま、教室から出て行った。

体育祭を一カ月後に控えた五月中旬、百々子に試練がやってきた。

「えっ、私がリレーの選手⁉」

呆気にとられる百々子の前で、両手を合わせて拝むようなポーズで訴えているのは、リレーのメンバーでもあり、クラス委員長でもある女子だ。

「そう。もう頼れるのは月岡さんしかいないの！」

四月に行われた体力テストでの五十メートル走のタイムをもとに、クラス対抗リレーのメンバーが、男女四人ずつ選出されたのは最近のことだ。だが、メンバーの女の子の一人が骨折してしまい、出場できなくなってしまった。

そこで代役を探し始めたそうだが、すでにほかの種目に出場が決まっている者が多く、足の速い人で頼めるのはもう百々子しかいないということだった。

三年次は選択授業がほとんどになるため、ＨＲや昼休み以外は顔を合わさないクラスメートも多い。そのため、体育祭や文化祭といった学校行事はクラス単位で行動する数少ない機会となっている。

こうした学校行事に熱心なクラスとそうでないクラスがあるが、百々子のクラスは前者だった。体育祭を今か今かと楽しみにしていて、クラス内は早くも一致団結モードになっている。

そんなクラスにおいても、リレー選手に選ばれるとなると、話はまた別だ。

クラス対抗リレーは毎年体育祭のフィナーレを飾る最終種目となっている。点数配分も大きく、注目の度合いもほかの種目とまったく違う。選手にかかるプレッシャーは相当なもので、断る人が続出するのも無理はなかった。

そのため、足が速いだけでなく、精神的な重圧にも耐えられる人を選ぶのが暗黙のルールとなっていた。引き受ける側からすれば、それだけの期待を背負わなければならないわけで、相応の覚悟が必要とされるのだ。

そして百々子は、そんな重圧に耐えられるとは自分で思っていなかった。

「ごめん、無理。高校に入ってから走ったのなんて、体育の授業と遅刻しそうなときくらいだもん。速い人たちと走る自信なんてないよ」

たしかに中学時代、百々子はそれなりに足が速くて、リレーの選手に選ばれたことがある。しかし、それは毎日バスケの練習で鍛えられていたことが大きい。その証拠に小学校時代の短距離走のタイムは、突出するほどのものではなかった。

中学三年の夏前に部活を引退してから約三年が経つ。当然タイムは落ちているし、身体も鈍っている。引き受けたところで足手まといになるのは目に見えていた。正直、百々子には荷が重すぎた。

「そこをお願い！　私だって、誰かれ構わず声をかけてるわけじゃないの。きちんとタイムを見て、情報を集めて、この人なら任せられるって思った人に頼んでるの」

「でも……」

「お願い、月岡さん！　月岡さんが最後の頼みの綱なの。もちろん全力でフォローするから。だからこのとおり、お願い!!」

委員長の必死の説得に、百々子は思わず怯んだ。潤んだ瞳で見つめられると良心が痛む。

「……わかった」

つい、そう返事をしてしまった。ここで引き受けてしまう自分はつくづく損な性格だと、百々子は頭の片隅で思う。

「よかったぁ！　ありがとう、月岡さん!!　本当に本当にありがとう」

嬉しそうに委員長に抱きつかれ、百々子は困ったように笑った。委員長が責務から解放されたぶん、今度は自分がその重圧を背負わなければならない。委員長とは対照的に百々子の心境は複雑だった。

早速、委員長から今後の予定について簡単な説明を受けた。

公式練習は体育祭直前に、ほかのクラスとの予行演習が一度行われるだけで、あとはクラスごとの自主練習となる。つまり、練習スケジュールはメンバーが自分たちで決めることになる。

すでにスケジュールは組まれていて、百々子は予定表を渡された。それを見て、激しく後悔する。

週明けの月曜日の放課後、早速練習が入っていた。毎週月曜日、本番まで四回の練習予定。部活動に入っている者も、こちらを優先して参加することになるという。

百々子は帰宅部だから、当然フル参加することになる。それだけでも大変だが、後悔したのはそれが理由ではない。わざわざ放課後に時間を作って練習しようというところに、メンバーの本気度が伝わってきたからだった。

絶対に失敗は許されない――。百々子の胃は早くもプレッシャーでキリキリと痛み出していた。

翌週の月曜日の放課後、授業が終わると、百々子はほかのメンバーと一緒に、練習場所の三ツ沢《みつざわ》公園に向かった。移動には電車を利用し、徒歩の時間も含めると、三、四十分かかる。

百々子の高校はグラウンドが極端に狭く、野球部も、サッカー部も、陸上部もない。毎年体育祭はこの公園内の競技場を借りて行われる。そのことから、練習場所にこの公園を選んだようだった。

初日ということもあり、選抜メンバー全員が顔を揃《そろ》えた。あらかじめわかっていたことだが、男子メンバーの中には透の姿もあった。残りの男子メンバーも相当なタイムだが、透の速さは頭一つ抜けていた。

一方、女子のほうは、百々子を除いてバリバリの運動部で、見るからに足が速そうな子たちばかりだった。誘ってきたクラス委員長も、バレー部のキャプテンを務めている。

百々子は改めて選抜メンバーの顔ぶれを見て、ここに自分がいるのは場違いだと思った。それに噂では、ほかのクラスのメンバーには、中学時代、陸上部に所属していた者も少なくないと聞いている。

不安は尽きない。とはいえ、考えてどうにかなることでもなかった。

百々子が本番までにできることは、自分のタイムを少しでも縮めること。雑念を捨てて、目の前の練習に専念しようと思った。

ジャージに着替えて、ストレッチを開始する。すると透がそばに寄ってきて、百々子に話しかけてきた。

「大丈夫なわけ？」

「えっ、何が？」

「何がってリレーだよ。お前のことだから無理して引き受けたんじゃねぇの？」

そういうことか、と百々子は苦笑した。代役が自分だと聞けば、みんな不安になるのも無理はない。

「迷惑かけたらごめん。自信ないけど、みんなの足を引っ張らないように頑張るから」

「そうじゃなくて、プレッシャーになってるんじゃないかって」

てっきり嫌味の一つでも言われるものだと思っていた百々子は、思わず透に顔を向けた。透の瞳は真剣そのもので、吸い込まれそうになるほどだった。

「何？」

透の苛立ったような声で、百々子は自分が見惚れていたことに気がつく。

「あっ……いや、ごめん。ちょっと、びっくりした。まさか気にかけてくれてるとは思わなかったから」

正直な想いだった。百々子がそう言うと、透は一瞬驚いた表情を見せた。そして、決まりが悪そうに顔を歪めた。

「バカ、自惚《うぬぼ》れんな。俺は誰かさんがあとで、ビービー泣くことにならないように忠告しようとしただけで」

百々子が顔を背けてクスクスと笑うと、透は仏頂面で百々子を見る。

「なんだよ……」

「いや、耳が赤いなあって」

透が慌てた様子で耳を手で覆う。心なしか頬も赤く染まっている。不意を突かれたせいで、透が狼狽《ろうばい》しているのは明らかだった。

百々子は初めて目にする透の意外な一面に、顔をほころばせた。

「ありがとうね。心配してくれて」

「だから違うって言ってんだろ。勘違いすんな」

透はそう言うと、「あークソ」と不服そうな声を漏らした。

普段の透の姿とのギャップに、百々子は胸が温かくなるのを感じた。

練習はクールダウンの時間も入れて、一時間半ほどで終わった。短い時間だったが、運動から遠ざかっていた百々子にとっては、基本的なバトンパスの練習さえ、息切れするほどだった。

すっかり疲れ果て、身体の節々が痛かった。みんなで練習する機会は残り三回。百々子は焦りを覚えていた。

一カ月という短い期間でタイムを縮めるには、何よりも体力を回復させるしかない。たとえタイムを縮められないにしても、足をもつれさせて転倒するような事態だけは避けたかった。みんなのお荷物になるにしても、せめて軽い荷物でいたい――。

そう考えると、少しだけ気持ちも軽くなった。それくらいの目標なら達成できる気がしたからだ。

早速翌日から百々子は、学校が終わると三ツ沢公園に一人向かい、ランニングコースを走るのが日課になった。

誰かに話すと、努力をアピールしているようで気が引けるし、みんなを期待させてしまうのも避けたかった。

だから百々子は、そのことについて菜穂にしか話さなかった。それも誰にも言わないでほしいと口止めをして。

菜穂は「無理はしないようにね」と百々子を気遣ってくれていた。

走り込みを始めて四日目の金曜日。

いつものように満足いくまで走った百々子は、疲れた身体を癒すように近くのベンチに腰かけた。日は沈み始め、辺りは薄暗くなっていた。

持参したスポーツドリンクに口をつけようとしたそのとき、「おい」と、やや怒りのこもった声が背後から届いた。

振り返った瞬間、その人物に目を剥《む》いた。そこには、制服姿の透が立っていたのだ。

「なっ、なんであんたがここに⁉」

百々子が口に運びかけていたスポーツドリンクを下ろす。透は憮然とした表情で、百々子の隣に腰を下ろしていた。

「お前なぁ、ふざけんなよ」

意味がわからず、百々子は首を傾げる。

「危ねえだろ。女一人でこんな時間になるまで走ってるなんて」

透の不機嫌な理由が自分の身を案じてくれてのことだと知り、気恥ずかしさと同時に嬉しさが百々子の心に込み上げる。

「だ、大丈夫だよ。こんな時間って言っても、まだ七時だよ。明かりだってついているし、ほかに走ってる人もいっぱいいるんだから」

「バカ、そういう問題じゃねえ」

〝バカ〟が透の口癖であることにはもう慣れている。出会った頃なら不快に感じただろうが、今はまったくそう思わない。こんなに優しい〝バカ〟を言える人がいることを、百々子は知らなかった。

「……どうして知ってるの？　私がここで走ってること」

「高野に聞いた」

「そう……」

聞かなくても答えはわかっていた。百々子は菜穂にしか話していないのだ。内緒にすると固く約束させたのに、どういうつもりなのだろうか。

そんなことを思っていると、透が口を開いた。

「で、何時から？」

「え？」

「だから、いつも何時から走ってんのかって聞いてんの」

透が怒り気味に言う。主語も述語もないから聞き返しただけだし、答えを聞いたところで、どうこう転がる話でもない。

「ああ、別に何時からっていう決まりはないけど……学校が終わり次第ってとこかな。いつも一人だから時間は適当だよ」

「じゃあ、明日から俺も一緒に走るから。一人で先に行くなよ」

「えっ？　どうしてあんたも走るの？」

「……身体が鈍ってるから」

「鈍ってるって……この前の練習のときも、めちゃくちゃ速かったじゃない」

「うっせ。とにかく俺も行くから」

なおも透が食い下がるので、「別にいいけど……」と百々子は渋々承諾した。

翌週から月曜日を除く平日は毎日、透との走り込みが始まった。正しいフォームから走り方の基本、バトンパスのコツまで、透は熱心に指導をしてくれた。

そして練習が終わると、必ず百々子を家まで送り届けてくれた。


走り込みを始めて二週目の昼休み。その日の百々子はいつになくそわそわしていた。

どうしよう。いつ切り出そう――。

机の前に立ったまま、鞄を開いては閉じる。さっきからそれの繰り返しだった。

廊下には、数人のクラスメートと談笑する透の姿がある。百々子はため息をついて、もう一度鞄の中に目をやる。

「さっきから、何こそこそしてんの？」

突然、百々子の背後から菜穂が顔を出した。

「わっ、びっくりした！」

慌てて百々子は鞄を閉じる。その反応に、菜穂は胡乱《うろん》な表情になる。

「怪しい……何か私に隠してるでしょ」

「いや……別に隠してるとかそういうわけじゃ……」

「いいから、白状しな」

菜穂に追及され、言い逃れができなくなる。百々子は観念したように白状した。

「……ウソ！　ミヤに弁当を作ってきた⁉」

「ちょっと、菜穂！　声、大きい」

シーッと、百々子が慌てて唇に人差し指を当てる。菜穂は白い歯をこぼしている。

「ふーん。百々子がミヤをねぇ」

「勘違いしないでよ。これは練習に付き合ってもらってるお礼で、別に深い意味なんてないから」

とっさに弁明するが、菜穂は「ハイハイ」と取り合わない。

「それより早く渡しなよ。モタモタしてたら、ミヤ、売店でお昼買っちゃうよ？」

「そうだけど……やっぱりいいや。今日はやめとく！」

「はあ⁉　なんでよ？」

「だって、そういう柄じゃないし……」

「意味わかんない。もういい、私がなんとかする」

百々子が「えっ？」と呟いた瞬間、菜穂が廊下に向かって「ミヤ！」と叫んで手を振った。

百々子はパニックを起こしそうになりながらも、菜緒の手をつかんで阻止する。しかし時すでに遅く、廊下に顔を向けると、透がこちらに向かってくるところだった。

百々子の胸が激しく鼓動する。

「何？」

近寄りながら、透が菜穂にたずねる。

「百々子がミヤに渡したいものがあるんだって」

「ちょっと、菜穂！」

百々子は〝何勝手なことしてくれてんのよ！〟と目で訴えるが、菜穂はまったく意に介さない。

「いいから。ほら、早く！」

目の前まで来た透が「なんだよ?」と、怪訝そうな顔で百々子を見る。思わず百々子はうつむいて唇を噛んだ。

そのまま動きを止めた百々子を、二人が静かに見守る。百々子は一つ深呼吸すると、半ばやけくそ気味に鞄の中から弁当を取り出し、透に差し出した。

「これ、いつも練習に付き合ってもらってるお礼！　その……あんたに作ってきたの」

百々子は顔を上げられなかった。目を伏せたまま、透の反応を待つ。

しかし、透は無言のままじっとしていて、受け取る気配もない。自分の行動を後悔しつつ、百々子は恐る恐る顔を上げた。

すると、透は鳩《はと》が豆鉄砲を食ったような顔をしていた。

「……作ってきたって、お前が?　俺に?」

百々子が静かにうなずくと、透はまた黙り込んでしまった。

彼女でもないくせに手作りの弁当を作ってこられたら、気味が悪くて引くのもわかる気がした。というより、それが普通の反応に思えた。百々子は自分の考えの至らなさに、叫び出したかった。

そんな落胆した気持ちを悟られないように、百々子は「ごめん、迷惑だったよね」と精いっぱいの笑顔を作って、差し出した弁当を引っ込めようとした、そのときだった。

「違う。予想外のことだったから、ちょっと戸惑ってた。迷惑だなんて思ってない」

透は大事そうに弁当を受け取ると、自分の机の上に置き、椅子に腰を下ろした。そして姿勢を正すと、「食べてもいい？」と百々子を見上げた。百々子が遠慮がちにうなずくと、透は嬉しそうに笑みを浮かべた。

そして、「いただきます」と両手を合わせると、弁当のフタを開けた。透が最初に口に運んだのは卵焼きだった。百々子は固唾《かたず》を飲んで、透の反応を見守る。

「めちゃくちゃ美味い」

透が目尻にしわを寄せて微笑む。

「俺、手作り弁当なんて食べるの、いつ以来だろう。ありがとう。本当に嬉しい」

普段の意地悪な透とは別人のような優しい笑顔に、百々子は胸がいっぱいになった。

〝明日も作ってこようか？〟と言いたかったけれど、言葉が喉につかえて言えなかった。

みんなとの練習日だった月曜日は幸い晴れの日が続き、百々子たちはバトン練習も十分に積んで、万全の状態で体育祭の本番当日を迎えた。

大きなトラブルもなくプログラムは順調に進んでいき、いよいよ残すはクラス対抗選抜リレーだけとなっていた。

透と二人の個人練習もやり切ってこの日に臨んだ百々子だったが、入場門に並ぶと、緊張と不安で押し潰されそうになる。

大丈夫、あれだけ練習したんだ。絶対に大丈夫——。繰り返し唱えて不安を和らげようとするが、百々子の身体は強張ったままだった。

マズいと思う意識がさらに緊張を呼び、脚が震え始めたときだった。

後ろから「おい」と呼びかけられた。振り向かなくても誰だかわかる。透だ。

「怖いのか？」

ややくぐもった声だったが、はっきり聞こえた。平静を装うゆとりもなく、百々子は素直にうなずいた。

「もしお前がしくじったとしても、俺がなんとかしてやるよ」

百々子が走るのは五番目。アンカーは透が務める。

「大丈夫。お前ならやれる。思い切り走れよ」

そう言って百々子の頭をくしゃっと撫でると、列の最後尾に戻っていった。

百々子はうつむいて、唇を噛みしめる。透の手の温もりが心地よくて、不覚にも涙が込み上げそうになったからだ。

入場前、チームのみんなと円陣を組んで気合いを入れる。場内はすでに応援の声で盛り上がっていて、アナウンスの合図で選手が入場し、各自決められた配置についた。

第一走者がスタートラインに立つと、途端に辺りは静かになって緊張感に包まれる。

そしてグラウンドに一発の銃声音が響きわたり、いよいよリレーがスタートした。場内のボルテージが一気に上がる。

練習が功を奏してか、百々子のクラスは順調な走り出しだった。二位につけ、一位のクラスと接戦している。その順位をキープしたまま第四走者にバトンが代わり、百々子はスタートの位置に立った。

『大丈夫、お前ならやれる。思い切り走れよ』

百々子は胸に手を当てて、透がくれた言葉を反芻《はんすう》する。

毎日、透と練習した。いつもどおり走るだけだ。大丈夫、やれる――。

あれだけ不安でいっぱいだったのに、百々子の心は不思議と落ち着いていて、自信にみなぎっていた。

前の走者から無事にバトンを受け取り、がむしゃらに腕を振る。身体が軽く、まるで風を切って走っているような気分だった。

先頭の走者にぐんぐん迫っているのがわかる。追い抜くまで残り数メートル。〝イケる〟と思い、コーナーを曲がったところで一気に抜きにかかる。

すると突然、脚が地面を見失ったように空回りし、気がつくと、百々子は膝を突いて転倒していた。ほかの選手の肩と接触し、バランスを崩してしまったのだ。

百々子自身はいったい何が起きたのかわからなかった。地面に倒れたまま、頭の中が真っ白になっていた。場内から悲鳴のような声が上がる。その隙を狙うように、後続の走者が一人、二人と百々子を抜き去っていく。

もうダメだ……と、百々子があきらめようとしたときだった。

「百々子！　あきらめんな!!」

空気を震わすような声が百々子の耳に響いた。紛れもなく透の声だった。

それを聞いた瞬間、百々子は何かに突き動かされるように立ち上がると、もう一度、前を走る走者の背中を追いかけ始めた。

そうだ、あきらめちゃダメだ。まだ終わっていない――。

その想いを胸に、百々子は最後の力を振り絞って駆け抜ける。一人追い抜き返したところで、次の走者にバトンを渡した。

一気に脱力し、ふらつきながらレーンを離れる。酸欠状態なのか、頭がクラクラして倒れそうになったところを、第一走者を務めた委員長が百々子の肩に腕を回し、抱きかかえてくれた。

「お疲れ様！　よくやったよ。ありがとう」

「ごめん、私……」

〝一度あきらめようとした〟と言おうとしたが、息が乱れて言葉にできなかった。

「大丈夫。あとはミヤがなんとかしてくれるよ」

そう言って委員長は安心させるように微笑むと、ゆっくりと百々子を待機場所に座らせた。

百々子はレースが始まる前、透も同じ言葉をかけてくれたことを思い出す。お互いを信じ合い、助け合う輪の中に自分も加えてもらっていることに、百々子は胸に熱いものを感じていた。

結果はみんなの信じていたとおりになった。透が本当になんとかしてくれたのだ。

百々子からバトンを引き継いだ走者が順位を三位まで上げ、その順位を保持したままアンカーの透へバトンをつないだ。そして透は前を走る二人を難なく抜き去ると、トップを独走したままゴールのテープを切った。

場内は大歓声に包まれ、クラス選抜対抗リレーは見事百々子のクラスが優勝して幕を閉じた。

退場すると百々子は透のもとへ走り出していた。

「透！」

気づいたら、そう呼んでいた。名前で呼んだのは初めてだった。

透が振り向き、二人の視線がぶつかる。

百々子は自分の顔が熱を持っていることに気づいていた。きっと真っ赤に染まっているに違いない。でも、言わずにはいられなかった。

「ありがとう！」

心の底からそう叫んでいた。

透は百々子に向き直ると、そのまま右手を前に突き出し、とびっきりの笑顔でピースした。

百々子の肋骨の後ろで心臓が破裂しそうなくらい速度を増す。

私、この人のことが好きだ。透のことが好き――。

涙が溢れそうになり、透の姿がぼやけて見える。百々子は初めて自覚した恋心に、激しく揺さぶられていた。

第二章　会えない時間

『君を動かすその原動力は何？』

足に絆創膏を貼ってもらいながら、陽一から投げかけられた言葉。

百々子は自分自身に言い聞かせるように、一言、一言、噛みしめながら答えた。

「……大切な人からもらった言葉が、今の私の心の糧《かて》になっているんだと思います。だから、困難な局面にぶち当たったとしても、あきらめたらダメだ、まだ踏ん張れるって、思えるのかもしれません」

そう言うと、百々子は自嘲気味な笑顔を浮かべ、明るく続けた。

「だけど、すべてのことに立ち向かえているわけじゃないですよ。朝比奈主任は、私には向かうところ敵なしの力があるって言ってくださいましたけど、臆病で、何もできないことも結構多いんです」

「それは、たとえば恋愛とか？」

陽一にズバリと言い当てられて、百々子は驚きを隠せない。そんな百々子に、陽一はあっさりと種明かしをした。

「月曜日だったかな。社食で顔を合わせたと思うけど、あのとき、川内さんとの話が聞こえてしまったんだ。理解ある彼女を無理して演じなくていいって言われてたよね。だから、もしかしたら恋愛のことで悩んでいるのかなって。立ち聞きしちゃってごめんね」

頭を左右に振る百々子に、陽一は続けた。

「彼とはもう長いんだよね？　たしか高校生の頃からの付き合いだって聞いたけど」

「はい。今年で九年目です」

「すごいね。それだけ長く一緒にいれば、彼のことなんてすべてお見通しなんじゃない？」

上目遣いで陽一にそうたずねられ、百々子は苦笑した。

「どうでしょう……。最近は相手の仕事が忙しくて、会えない日が続いていて、ろくに話もしてないんです」

二人の時間が減ったのは、今に始まったことではない。社会人になって三、四年経った頃から透の仕事が忙しくなって、深夜の帰宅が増えた。システムにトラブルが発生すると、休日でもお構いなしに呼び出されるようになった。

初めのうちは百々子は健気《けなげ》に帰りを待っていたが、そのたびに透が申し訳なさそうな顔をするので、待つのをやめるようになった。透の心の重荷になりたくなかったからだ。

「寂しいね……」

陽一の優しい声色に、たまらず百々子は泣きそうになった。

ずっと〝寂しい〟という感情を認めないようにしてきた。認めてしまったら、必死に保ってきた心の均衡が一瞬にして崩れそうで怖かった。

百々子は込み上げる涙を堪えるように唇をきつく結ぶ。いつから自分は、素直に泣くことができなくなってしまったのだろう。

「すみません。湿っぽい空気にしちゃいましたね。私、そろそろ仕事に戻ります。手当していただき、ありがとうございました」

百々子は寂しさを振り払い、無理して笑顔を向けると、陽一が悲しそうな瞳で見つめていた。百々子はその瞳の色に気づかないふりをして、ローヒールに足を伸ばした。

すると、陽一が買ってきたサンダルを差し出した。

「これ、よかったら使って。ヒールよりサンダルのほうが、足に負担がかからないだろうから」

「ご迷惑をおかけしてすみません。ありがとうございます」

陽一の気遣いをありがたく受け取り、サンダルを履こうとすると、百々子のパンツのポケットでスマホが震えた。

百々子はそれを放置していたが、サンダルを履き終えてもバイブ音が鳴りやまないのをみて、陽一が「僕に気にせず、出ていいからね」と声をかけた。

百々子は陽一に頭を小さく下げ、スマホを手に取る。画面には見覚えのない電話番号が表示されていた。市外局番から発信先が横浜市であることはわかった。

誰からだろう……。百々子は怪訝に思いながら通話ボタンを押した。

「もしもし」

「こちら、月岡百々子さんの番号でお間違いないでしょうか？」

男性の緊迫した声が聞こえてきた。スマホ越しから聞こえてくるサイレンの音に胸騒ぎがする。

「はい。そうですが……」

「こちら保土ケ谷救急隊です。お母様の美佐子《みさこ》さんがスーパーで買い物中に倒れたと救急要請が入りました。現在、救急車で病院に搬送中です。至急病院へ向かってください」

電話越しの言葉を理解した途端、百々子の頭の中は真っ白になった。

なおも救急隊の話は続いたが、気が急《せ》くばかりで、電話を切ると細かい内容は思い出せなかった。ただはっきりしているのは、母親が倒れたという事実と、搬送先の病院名だけだった。

「月岡さん、大丈夫？　顔、真っ青だけど……」

そこで初めて百々子は、自分が震えていることに気がついた。不思議そうに様子をうかがう陽一に、呟くような声で答えた。

「母が倒れたようで、今、病院に向かっているという連絡が……」

不安で押し潰されそうだった。すぐにでも駆け出して、母親のもとに向かいたいのに、まるで金縛りにあったように身体が動かない。

「どうしよう……。もし何かあったら……」

「月岡さん、落ち着いて。すぐ病院に向かおう。僕も付き添うから」

陽一は百々子の両肩をつかむと、なだめるように言った。

「でも、朝比奈主任は仕事が……」

「仕事のことは気にしなくていいから。さあ」

陽一に手を引かれ、百々子は病院に向かった。

病院に到着すると、百々子と陽一は救急外来の診察室に案内された。

しばらくして、白衣をまとった医師らしき男性が現れた。年齢は三十代半ばくらいで目鼻立ちのはっきりした彫りの深い顔をしている。この病院の脳神経外科医で、自身を不破隆二《ふわりゅうじ》と名乗った。

不破医師は百々子の正面に座ると、電子カルテを開き、画像を見せた。

「こちらはたった今撮影したCT画像です。今回、美佐子さんはクモ膜下出血と診断されました。この病気の原因のほとんどは、脳血管にできたこぶ、いわゆる動脈瘤《どうみゃくりゅう》の破裂です」

〝クモ膜下出血〟の病名は百々子も知っていた。命にかかわる病気であることは知識としてあったが、それ以外、具体的なことは何も知らなかった。ただ、不破医師の厳しい表情から、楽観できる状態でないことは明らかだった。

不破医師は別の画像を開き、画面に沿うようにマウスポインタを動かしていく。

「こちらは造影《ぞうえい》剤を使用したCT画像です。見てのとおり、右の中大脳動脈にこぶのようなものができているのがわかると思います。いったん破裂した動脈瘤は、現在、血のかたまりのようなもので出血が止まっていますが、いつ再出血が起こるかわからない状態です。再出血した場合、最悪のケースも覚悟してください」

〝最悪のケース〟という言葉に、百々子は激しく動揺する。

「再出血を防ぐために、すぐに開頭クリッピング術を行いたいと思います。動脈瘤を金属製のクリップで閉鎖します。手術にあたっては、ご家族の同意が必要になります」

そう言うと、不破医師は手術の同意書を広げて説明を始めた。

説明が終わると、百々子は即座に同意書にサインした。頭の中は混乱していたが、優先しなければならないことの判断はかろうじてできていた。

「先生、母は助かるんでしょうか？」

不破医師が席を立つと、百々子は祈る思いでたずねた。

「なんとも言いようがありません。ただし、助かる見込みはあります。その可能性を信じて、僕は執刀するのみです。結果はお約束できませんが、全力は尽くします」

「お願いします。どうか母を助けてください」

百々子は深々と頭を下げた。

手術室に運ばれる間の数分だけ、百々子は母と対面することができた。再出血を防ぐために鎮静剤を使用しているので、ストレッチャーに横たわる母親は、表情だけ見れば、少し疲れて眠っているだけのようだった。しかし、身体には何本ものチューブがまとわりついていて、眠っているわけではなく、危険な状態を彷徨《さまよ》っている母親の現実を、百々子は思い知った。

　母が手術室に入る直前、百々子は「お母さん……」と恐る恐る声をかけた。もちろん、返事はない。母を見送ると、百々子はある衝動に駆られた。

「朝比奈主任、電話をかけてくるので、少しの間ここを離れます。すみません」

　付き添ってくれている陽一に断りを入れ、百々子は院内の通話可能エリアを目指した。この間にも母親が死んでしまうかもしれないと思うと、不安でどうにかなりそうだった。

　通話可能エリアに到着すると、百々子はすぐに電話をかけた。耳に当てたスマホを祈るような思いで握りしめる。

　お願い、透。電話に出て。透の声が聞きたい――。

　百々子は、透に〝大丈夫〟と言ってもらえれば、絶対に大丈夫だと思える気がした。

　しかし、聞こえてきたのは、「おかけになった電話は、ただいま電波の届かない所にあるか、電源が入っていないため――」という無機質な音声ガイダンスだった。

　百々子はめまいに襲われた。同時に身体が冷たくなっていくのを感じる。絶望感で、その場に膝を抱えてしゃがみ込んだ。

百々子は懸命に歯を食いしばって耐える。

あの頃のように、透の隣でただ泣けたらどんなにいいだろう。

＊＊＊＊

百々子が透を好きだと自覚した翌週、早速菜穂に見破られてしまった。

「百々子、ミヤのこと好きでしょ?」

昼休みの教室。いつものように机を向かい合わせて弁当を食べていると、唐突に菜穂が聞いてきた。百々子は驚いてむせた。

「な、何言って……」と言いつつ、またむせる。

「ちょっと大丈夫?」

菜穂が心配そうに顔をのぞき込んできた。

百々子はなんとか呼吸を整え、慌てて周囲を見回した。教室には昼食を食べている者が数人いるだけで、透の姿はない。誰かに聞かれた様子のないことに、百々子は胸を撫で下ろした。

「いきなりどうしたのよ。なんでそんな話に」

「とぼけたって無駄だからね。私の目はごまかされないよ」

　フォークを突き出され、ぎくりとする。

「な、なんでそう思うの？」

「最近ミヤを見る百々子の顔が違う。〝女の顔〟してる」

「女の顔って……」

「そう、女の顔」

　しらばっくれるつもりだったのに、菜穂の自信満々な物言いに、百々子はあらがうことを早くもあきらめる。

「……そんなに顔に出てる？」

「うん。少なくとも私が察するくらいには」

　百々子は恥ずかしくなり、うなだれた。

「認めな。好きなんでしょ？」

　菜穂がにやついた顔で聞いてくる。百々子は頬にほのかな熱が帯びるのを感じながら、小さくうなずいた。

「やっぱり！　で、どうするの？」

「ど、どうするって？」

声を上げた菜穂に、人差し指をシー！　と立てながら百々子は眉をひそめる。

「だから告白とかさぁ、しないの？」

「えっ⁉　そういう話？　いや無理。絶対無理」

「えー、なんで？」

「なんでって……」

顔を寄せ合って小声で話していると、「何コソコソ話してんの？」と、透が割り込んできた。

「うわっ！」

突然の登場に百々子は驚いて椅子の上で飛び跳ねてしまう。その隙に、菜穂がしれっと口を開いた。

「えっとねー、今、ミヤの話題で――」

「わーっ！　菜穂！」

百々子は大声を出して、慌てて菜穂を制止する。

「なんだよ、その慌てようは？　さては俺の悪口か？」

透はそう言うと、百々子の顎《あご》の下に人差し指を当て、ぐいっと上を向かせた。

「あ？　なんだ言ってみろ」

百々子のすぐ目の前に、意地悪そうに微笑む透の顔がある。あまりの近さに百々子の心拍数が急上昇した。

「き、気やすく触んないで！」

思わず透の手を振り払って百々子は椅子から立ち上がるが、すぐに自分の振る舞いを悔やむ。

どうして自分はいつもこんな可愛くない態度しか取れないのだろうか。意識しすぎて空回りするなんて最悪なパターンだ——。

透に視線を戻すと、振り払われた手を痛そうに擦《さす》っている。百々子は慌てた。

「ご、ごめん」

そばに歩み寄るが、透はうつむいたまま、顔を上げようともしない。

「あっ……血が出てる」

「え、ウソ⁉　本当に？　ちょっと見せて」

百々子はとっさに透の腕を引き寄せるが、透の手には血どころか、引っかき傷一つ見当たらない。

百々子が透の顔を「血が出てるってどこ？」と心配そうに見上げると、透が「ウソ」とまるで悪戯っ子のように舌を出した。

「なっ……騙したの？　まさか痛いって言ってたのも？」

「まんまと引っかかるお前が悪い」

百々子は恨めしそうに睨みつけるが、透は白い歯を見せて楽しそうに笑った。

こんな笑顔で見つめられて、ドキドキするなと言うほうが無理な話だった。透への気持ちに気づいてからというもの、百々子は胸が高鳴りっぱなしだった。

「おい、透！　お前、何してんだよ？　みんな待ちくたびれてんぞ」

教室のドアから涼と真人が顔をのぞかせている。最近、透たち男子の間では、昼休みに体育館でバスケをするのが恒例になっていた。

「ごめん、今行く」

透は涼と真人に向かってそう言うと、「じゃあな」と百々子の頭を撫でて、教室から出て行った。

その手の温もりの余韻に百々子が浸っていると、菜穂の視線を横から感じた。

「な、何よ」

「いやー、素直じゃないなぁって」

「そんなこと言われなくても、嫌ってほど自覚してるよ。でも、どうしよう菜穂……

透がキラキラして見える」

本当は素直になりたいのに……と百々子は肩を落とす。菜穂は呆れたようにため息をつく。

「そりゃね、好きな人は輝いて見えるもんよ」

「ああもう、どうして私はつっけんどんな態度しか取れないんだろう……。まさか不自然すぎて私の気持ち、透にバレてないよね？」

「普通、そこまで深読みしないよ。バレるどころか、嫌われてるって思われてもおかしくないんじゃない？　さっきあんたが手を振り払ったとき、ミヤ、ちょっと傷ついた顔してたよ」

意外な台詞に、百々子は瞳を揺らした。

「〝気やすく触らないで〟って言われてみ？　誰だって傷つくよ。いっそバレちゃったほうがよかったんじゃない？　その調子だと、ずっと今の関係は変わらないよ。いい加減、素直になりなよね」

菜穂の忠告が痛いほど刺さる。素直になることは百々子にとって、この世で一番の難題だった。

五限目の体育は水泳のため、昼食を済ませると、百々子と菜穂はプールに向かった。

更衣室で水着に着替えた百々子が顔を上げると、菜穂は水着ではなく体操着を着ていた。

「あれっ？　なんで？　水着忘れたの？」

「言ってなかったっけ。見学なの。今朝、急に生理になっちゃって」

「生理⁉　そうなんだ……」

〝生理〟という言葉に、百々子は敏感に反応する。

「ほんとかったるい。腰は痛いし、きついだけだし、早く終わってほしいよ。ねぇ？」

愚痴る菜穂に百々子は、「そうだね」と曖昧に笑った。


夕方、学校から帰宅した百々子が二階に向かおうとすると、リビングのドアが中途半端に開いたままになっていた。そっと薄暗い部屋の中をのぞくと、テーブルにうなだれる母親の後ろ姿が見える。

小さな背中が小刻みに震えていた。母親は電気もつけず、声を押し殺して泣いているようだった。聞こえてくる嗚咽《おえつ》に百々子は胸が苦しくなった。

泣かないで、お母さん。お母さんは一人じゃないよ。私はずっとお母さんの味方だよ——。

そう伝えたいのに、いざとなると言葉にできなかった。

近所でもおしどり夫婦として有名だった両親の仲が悪くなったのは、木枯らしが吹きつける寒い冬のことだった。

その日、百々子は母親と地方の温泉に出かけていた。

父親が、部下の結婚式の二次会で行われたビンゴゲームで温泉旅行ペアチケットを当て、「自分は仕事があるから二人で行っておいで」とプレゼントしてくれたものだった。

喜んで出かけたものの、父親のいない二人だけの旅行はどこか寂しくて、予定を早めて帰路につくことになった。

しかし、家に帰ると父親は自室のベッドで、見知らぬ女性と裸で抱き合ったまま眠っていた。周囲の状況から、何が行われたか、一目瞭然《りょうぜん》だった。

母親は絶句し、百々子は吐き気が止まらなかった。

後日わかったことだが、父親は何年も前から不倫をしていた。相手の女性も既婚者だった。

優しくて温厚な母親の精神が不安定になったのは、それからだ。

怒り狂うように泣く日もあれば、声をひそめて泣く日もあった。父親が帰宅すれば口論が始まり、互いの心の距離は離れていく一方だった。昔のように二人が寄り添う姿を見ることは、その日以来、なくなったのだった。

結局、百々子は母親には声をかけず、そのまま二階に上がった。部屋に入ると鞄を投げ出し、ベッドにあおむけに寝転んだ。

不意に〝生理になっちゃって〟という菜穂の言葉を思い出す。じつは百々子は、もう三カ月も生理が止まっていた。

原因は両親の不仲によるストレス以外に考えられなかった。何度か母親に打ち明けて相談しようと思ったが、とてもそんな状況ではなかった。

体育祭が終わり、六月が過ぎても、父親と母親の口論が絶えることなく、むしろいっそう激しさを増すばかりだった。

だから、百々子はただ耳を塞いで耐え忍び、今日までずっと一人で抱え込んできたのだ。

唯一、安らげる場所は学校だったが、両親のことも、生理のことも、気やすく友達に話せるようなことではない。だから百々子は、できるだけ考えないようにして、気丈に振る舞い続けた。気がつけば、作り笑顔が得意になっていた。

そういえば、ともう一つ思い出す。

この間、透と教室で二人きりのときに突然言われた言葉。

「最近、お前、元気なくね？」

「え？」

「なんだか無理してる気がする」

誰にも気づかれるはずはないと思っていたのに、透には見透かされてしまっていた。

百々子は嬉しく思う半面、相手が透だからこそ、暗い話はしたくなかった。

「そう？　このとおり元気だけど。透の気のせいだよ」

首を傾げて、得意の作り笑顔でごまかす。透はそんな百々子を、どこか腑《ふ》に落ちないような表情で見つめていた。

彼のその顔をまぶたの裏に浮かべ、百々子は静かに眠りに落ちた。


七月中旬の土曜日、百々子は朝から腹部に痛みを感じていた。

一階から聞こえてくる言い争いの声と相まって部屋から出る気力はなく、ベッドに横たわってじっと痛みに耐えていた。

すると十時頃、携帯電話の着信音が鳴った。菜穂からだった。

電話に出ると、毎年山下公園《やましたこうえん》で開催されている花火大会への誘いだった。

「ほら、百々子、最近元気なかったでしょ？　今日の夜なんだけど、気分転換にどうかなって。たまには二人で浴衣でも着て、どう？」

菜穂の優しさが、百々子の心に染みる。透だけじゃない。菜穂も気づいていてくれた。となると、涼や真人にも気づかれているのかもしれない。

「ありがとう」

自分が一人ではないことに、百々子は少し気持ちを強くし、そうお礼を言った。

夕方になると、百々子は浴衣を持参して菜穂の家に向かった。気持ちが持ち直したからか、その頃にはお腹の痛みは消えていた。

化粧と着付けは菜穂の母親がしてくれた。

百々子の浴衣は、白地にピンク色を基調とした花々が散りばめられている愛らしいデザインのものだ。普段シックな色を選びがちな百々子を見かね、浴衣くらいは可愛らしいものにしなさいと、昨年母親が選んでくれたものだった。

花火の打ち上げ時間は午後七時半からだった。六時半頃、山下公園に着いたときには、すでに辺りは人でごった返していた。

「ねぇ菜穂、浴衣の後ろ平気？」

ぶつかり合うように人混みをかき分けて歩いてきたので、百々子は浴衣の帯が崩れていないか心配になった。菜穂に確認してもらうと、「大丈夫！　すごく似合ってるよ」と太鼓判を押してくれた。

公園の中をしばらく進むと、菜穂が急に足を止めた。

「ここらへんで見るの？」と百々子がたずねると、菜穂は「そうだね……」と心ここにあらずの様子で、周囲をきょろきょろと見回している。

「どうしたの？」

「あ、いたいた！　おーい、こっちこっち!!」

百々子がたずねると、突然、菜穂が手を振った。

視線の先を見ると、そこには透、涼、真人の姿があった。

「ちょっと菜穂、どういうことよ!?」

百々子は菜穂の手を引いて、近づいてくる透たちに背を向けて耳打ちする。

「じつはミヤたちも誘っちゃった！　大勢のほうが楽しいし、いいでしょ？」

百々子の返事も待たずに、菜穂は無邪気な笑顔で三人のもとへ駆け寄っていく。

百々子は呆気にとられつつ、やむを得ず透たちと合流する。

「浴衣かぁ。いいね。二人とも似合ってるよ」

涼がまんざらお世辞とも思えない調子で褒める。隣で真人もうなずいている。

「馬子《まご》にも衣装ってやつ？」

一人、茶々を入れる透に、「うっさいなぁ、バカ！」と百々子は下駄でキックする。

「痛ってぇ！　普通、下駄で脛《すね》蹴るか⁉」

百々子は少々気の毒なことをしたと思いながらも、舌を出した。

百々子たちはなんとか花火の見学場所を確保し、レジャーシートに腰を下ろした。

百々子が、「私、みんなの飲み物買ってくるよ」と立ち上がると「俺も行く」と、透も一緒に立ち上がった。

百々子は一度は断ったが、「混んでるから、一人で運ぶのは大変だろ」と言われて、渋々うなずいた。もっとも、渋々なのはポーズだけで、内心嬉しくて仕方なかった。

公園内のコンビニは大混雑していたので、そのまま公園を出て、外のコンビニに向かった。

するとその途中、突然雨が降り出した。

雨は始めはぽつぽつ程度だったが、あっという間に大雨に変わる。

近くに一時避難できるような場所はなくて、進むか戻るか迷っていると、透が「こっち！」と、百々子の手をつかんで走り出した。百々子は行き先もわからないまま、透についていった。

着いた先は、元町《もとまち》・中華街《ちゅうかがい》駅から程近い場所に建つ高層マンションだった。一階にはコンビニが併設され、天高くそびえる外観は息を飲むほどの壮麗さだった。

透がオートロックを解除し、百々子は透の後に続いて、マンションの内に足を踏み入れる。エントランスを通り抜け、コンシェルジュの前を通り、エレベーターに乗り込んだ。

「ここって……」

つながれたままの手を意識して、百々子の声が少し上ずる。

「俺んち」

透がさらりと答える。思いもよらない事態に百々子はうろたえる。

「ひとまず雨がやむまではうちにいよう」

「でも、菜穂たちは？」

「ああ、待ってて。涼からメールが届いてる。みんな走って避難したってさ。ただ、ずぶ濡れなのと、花火も中止になるっぽいから、このまま解散ってことになったって」

透は携帯電話をいじりながら、何事もないようにそう言った。

二十一階でエレベーターを降りると、カーペットの敷かれた廊下が広がっていた。

玄関の前に到着すると、透が手を離した。

百々子は、もう少しつないでいたかったと思いながら、透の手の温もりを閉じ込めるように、拳を優しく握った。

「散らかってるけど、入って」

透はドアを開けると、いつもと変わらぬ調子で言った。

透の態度から下心があるわけではないことはわかっていたが、それでも男子の部屋に入ることに、百々子は緊張せずにいられなかった。

とはいえ、外はバケツをひっくり返したような雨だ。今の状況なら仕方ないと自分に言い訳しながら、百々子は恐る恐る玄関に足を踏み入れた。

冷たい廊下を歩きながら、沈黙に耐えられず、口を開く。

「あの、ご家族の方はいるの？　お父さんとか……」

「ああ、俺一人っ子だから。父親は帰って来ないし、気にしなくていいよ」

〝帰って来ない〟と言われて、百々子は不思議に思ったが、なんとなく触れてはいけないような気がして、それ以上は聞かなかった。

廊下を真っすぐに進み、透が突き当たりの扉を開いて、百々子を招き入れる。そこはゆうに二十畳はありそうな、広いリビングだった。

「雨で濡れたろ？　何か拭くもの取ってくる」

そう言って、透はいったん部屋を出て行った。

百々子は手持ち無沙汰《ぶさた》に室内を見回す。

透は散らかっていると言っていたが、中はきちんと整理整頓されていた。それどころか、ソファを始め、黒を基調としたインテリアと相まって、生活感のなさに寂しい感じがするくらいだった。

廊下を歩いているとき、ほかに部屋がいくつかあるのがわかった。こんな広い家に透は一人で住んでいるのだろうか。仮にそうだとするなら、百々子の想像を超えた暮らしだった。

「おい、これを使……」

リビングに戻ってきた透が、話の途中で息をのむのがわかった。

何事かと思い、百々子が上半身を捻《ひね》って振り向くと、透はバスタオルを差し出したまま固まっていた。

怪訝に思いながら透の視線の先――自分の浴衣の後ろに目を向けた瞬間、百々子は凍りついた。

浴衣には血の染みができていた。

そこでようやく百々子は、遅れていた生理がきたことを察した。

「見ないで!!」

百々子は鋭い声で叫ぶと、その場にしゃがみ込んだ。

あまりのタイミングの悪さと、透に見られてしまったことの恥ずかしさで、百々子はこの場から消えてなくなりたかった。

透は言葉を発しないまま、立ち尽くしている。きっと、なんて声をかけていいのかわからないのだろう。

そして、そうさせているのが自分自身であることが百々子は申し訳なくて、ただただ混乱していた。

消え入りそうな声で言い訳をする。

「じつはずっと生理が遅れていて……誰にも言えなくて……、でも、どうしたらいいかもわからなくて……まさかこんなことになるなんて思ってもなくて……」

百々子は自分自身でも、何を言っているのかよくわからなかったが、言葉を止められなかった。

「ごめんなさい。こんな姿をさらして。本当にごめんな――」

「無理にしゃべんな」

ようやく透は言葉を発すると、持っていたバスタオルを、百々子の腰にぐるぐる巻きつけた。

「待ってろ」

そう言って、透は再び部屋を出て行った。

憔悴《しょうすい》しきった百々子は待つというより、ただ途方に暮れていた。十分ほど経っただろうか、透が慌ただしくリビングに戻ってきた。

「これ」

持っていたコンビニの袋から紙袋を取り出し、百々子に差し出した。百々子が受け取り、中を確認すると、生理用品と女性用の下着が入っていた。

「銘柄とかよくわかんなくて適当に選んだものだから、見当外れだったら悪い。でも、ないと困ると思ったから」

そう言って、透は濡れた髪をかき分けた。珍しく百々子と目を合わせない。透もかなり動揺していることが、百々子に伝わってきた。

「その……公園にいたときはついてなかったし、たぶんこの数分の間で起きたことだから、俺しか見てないし、だから気にしなくていい」

優しい言葉に、百々子の目から堪えていた涙が溢れ出す。紙袋を握りしめたまま、嗚咽が漏れる。

高校生男子の透がこれを買うのに、どれほど勇気が必要だったろう。きっと肩身の狭い思いをしたはずだ。

百々子は申し訳ない気持ちでいっぱいだった。お礼を言いたいのに、涙が邪魔をする。

すると、透が屈《かが》んで、百々子と目線を合わせた。

「ごめん。俺、間違えた？」

不安そうな声で聞かれ、百々子は涙で濡れた顔をしきりに横に振る。

「ちが……っ、ごめんなさ……っ」

「バカ、謝るな。お前は何も悪くない」

透は諭すように言うと、百々子の頬に手を触れ、涙を手のひらで拭《ぬぐ》った。そして、呟くように言った。

「……〝きて〟よかったな」

その一言でまた百々子の瞳から、涙が堰を切ったように溢れ出す。

こんなに泣いたことは記憶にないくらい、声を上げて激しく泣いた。そして、透はそのとめどなく流れ落ちる涙を何度も優しく拭ってくれた。

ひとしきり泣いた後、シャワーを借りた百々子は、透が用意してくれたジャージに着替えて脱衣所を出た。

「……身体、大丈夫？」

リビングに戻ると、透が心配そうにたずねる。百々子は無性に照れくさくて、目を合わせないまま、かすかにうなずいた。

「家まで送るよ」

いつもなら断るところだが、百々子はその申し出に素直に甘えることにした。まだ、透と一緒にいたかったからだ。

外に出ると、すでに雨はやんでいた。

元町・中華街駅から電車に乗り、保土ケ谷駅に着くと、二人はそこから家まで並んで歩いた。

こうして透と帰るのはリレーの練習以来だった。お互い黙ったままだったが、百々子は透の隣にいるだけで不思議と心が安らいだ。

家の前まで着くと、百々子は透に向き直った。

「いろいろ助けてくれてありがとう。……それとジャージも。洗ってすぐ返すね」

透の返事はなかった。ただ、バツが悪そうに、唇を噛みしめていた。何か言いたいのに言葉が見つからない——そんな表情をしていた。

「……じゃ、またね」

百々子が門扉をくぐろうとしたそのときだった。

「百々子」

透に突然呼び止められて、百々子はゆっくりと振り向いた。

「俺、お前に泣かれると、どうしたらいいのかわからなくなるけど、でも、お前には泣いてほしいって……そう思う」

真剣な眼差しだった。たどたどしい話し方から、透が不器用ながらも言葉を選んでいるのが伝わってくる。

「お前は全部、一人で抱え込もうとするから。泣きたくなったら泣けよ。我慢するな。もしお前に泣く場所がないのなら……せめて、俺がお前の泣ける場所になりたいって思ってる」

「……」

「だから、泣きたくなったらいつでも俺んとこに来いよ」

透はそう言って、恥ずかしそうに百々子から視線をそらした。

「それだけ。じゃあな」

去っていく透の後ろ姿が滲んで見えたかと思うと、百々子の瞳からまた一筋の涙がこぼれ落ちた。

＊＊＊＊

長時間にわたる手術が終わり、百々子は説明室に案内された。

「お母様の手術は無事に成功しました」

不破医師の第一声に、百々子はほっと安堵の息を漏らした。

「ありがとうございます。本当になんてお礼を言ったらいいのか」

「手術は無事に終わりましたが、大切なのはこれからです。ひと山越えただけで、完治したわけではありません。手術はあくまでも再出血を防ぐだけです」

不破医師は、現在の母の状況を含め、合併症を起こさないようにいくつかの大きな峠を乗り越えればならないことや、回復を早めるためにどんな働きかけが必要かなど、詳しく説明してくれた。

今後の経過を見なければ、後遺症の有無ははっきりしないが、無事に社会復帰できる可能性は高いとのこと。ただ、一方で容体の急変も十分にあり得るとのことだった。

つまり、まだまだ予断を許さない状況であることを、百々子は理解した。

「これから二週間は集中治療室にて厳重に管理します。容体が急変することがあれば速やかにご連絡いたします。その際、いつでも連絡が取れるようにしておいていただきたいのですが、百々子さん以外にご家族の方はいらっしゃいますか？」

「いえ……父がいますが、母と別れて以来、連絡を取っていません。頼れる親族もいないので、実質私だけになります」

「そうですか。しばらく不安な日が続くと思いますが、困ったことがあったら、決して一人で抱え込まず、気軽におっしゃってください」

「はい。ありがとうございます」

説明室を出ると、百々子は母の病室を訪れた。眠るように息をする母の周りには、いくつかの生命維持装置が配置されていて痛々しかった。

明日のCTで問題がなければ、皮下ドレーンを抜去。そして順調にいけばその日のうちに抜管し、うまくいけば人工呼吸器から離脱できるだろうと、不破医師が言っていたことを、百々子は思い出した。

抑制帯でつながれた母の手にそっと触れる。その冷たい手を温めるように両手で強く包み込んだ。

百々子が集中治療室を退室して扉を開けると、陽一が立って待っていた。

「朝比奈主任、どうして……」

電話から戻った後、百々子は付き添ってくれた陽一にお礼を伝え、先に帰るように伝えた。もう五、六時間前のことだ。

実際、陽一は「じゃあ、何かあったらいつでも連絡して」と言い残して、あの場を去ったはずだった。

「ごめん。やっぱりどうしても月岡さんのことが気になって……」

どこまで優しくて、頼りになる人なのだろう。百々子は感謝してもし切れない気持ちになる。救急隊員から電話が入ったときも、もし自分一人だったらパニックに陥って、何もできないでいたに違いなかった。

「心配かけてごめんなさい。朝比奈主任には感謝の気持ちでいっぱいです」

「……あれから、彼から連絡はきた？」

百々子は首を横に振った。あのとき、誰に電話したのか告げなかったが、陽一にはお見通しだったようだ。

「そっか……。月岡さん、家に帰っても一人なんだよね？　本当に大丈夫？」

「大丈夫です。だから、朝比奈主任は気にせず、もうお帰りになって、身体を休めてください」

大丈夫かどうかわからないが、そう自分に言い聞かせるしかなかった。これからしばらくの間、不安な毎日が続くのだ。強くならなければならない——。そう百々子は自分に檄《げき》を飛ばしていた。

「明日の仕事、休んでいいからね。今はお母さんのこと第一優先で。僕じゃ頼りないかもしれないけど、いつでも力になるから」

陽一の心遣いに百々子は深く感謝した。

＊＊＊＊

家の庭に植えてあるハナミズキが真っ赤な果実を実らせた。心地よい秋風に紅い葉っぱが揺られ、舞い落ちている。そんな静かな夜、それは起こった。

「あのね、百々子。お父さんとお母さんね、お別れすることになったの」

夕食を終えた後、百々子は母から突然切り出された。

覚悟していたつもりだったが、いざ現実になると、目の前が真っ暗になった。

いつもの席に父の姿はない。もう、事態は取り返しがつかないところまできていることを、百々子は悟った。

「お母さんね、仕事見つけてきたの。これから百々子には苦労をかけちゃうかもしれないけど、精いっぱい頑張るから」

温室育ちで、長年専業主婦だった母が社会に出ようとしている。母が選んだ道とはいえ、相当な覚悟が必要だったはずだ。目に涙を浮かべながら気丈に振る舞おうとする母を、百々子は見るに耐えなくなって、うつむいたまま立ち上がった。

「百々子⁉　どこ行くの？」

百々子は振り向かず、逃げるように家を飛び出した。

喉に込み上げる大きなかたまりをぐっと飲み込んで、保土ケ谷駅まで腕と足を思い切り動かす。横浜駅でみなとみらい線に乗り換え、元町・中華街駅を目指した。

電車を降りると、プラットホームを下り、速度を緩めることなく改札を通り抜ける。そこから数百メートル走ると、マンションの前にたどり着いた。

呼吸を整え、エントランスに向かおうとすると、そこには、見覚えのある人影――大好きな透の姿があった。

百々子は肩を上下させながら、透を見つめた。二人の目が合う。透はなぜ百々子がそこに居るのか理解できず、少しの間、驚いて突っ立っていた。

「……どうした?」

透の声がエントランスに静かに響く。その声を聞いた瞬間、百々子の喉につかえていたかたまりが取れた。

「泣きたくなったから来た……」

涙が一粒こぼれ落ちる。一度溢れ出した涙はとどまることを知らない。

百々子が安心して泣ける場所はこの世でたった一つしかなかった。それは透のそば。透の隣だけが、百々子が唯一弱くなれる場所だった。

百々子の潤んだ視界の中で、透がゆっくりと近づいて来る。気がつけば、ずっと百々子は透の存在に支えられていた。

透が百々子の前で足を止めた。そして、そのまま手を伸ばし、そっと優しく、だけど強く百々子を抱きしめた。

百々子は透の家に上がると、涙が枯れるまで泣いた。そして、嗚咽交じりにこれまで誰にも言えなかった悩みをすべて打ち明けた。透は百々子の話にじっと耳を傾けてくれた。

「どう……落ち着いた?」

ぽんぽんと優しい手が頭に触れ、百々子は唇を結んだままコクンとうなずく。

「百々子は、家族がバラバラになることが嫌なんじゃないんだよな。大好きなお母さんが泣いているのがつらくて苦しかったんだよな。俺はわかるよ。お前の気持ち」

自分の想いを代弁してくれる透の優しさに感極まって、また百々子の目に涙が溢れ出す。

「百々子は今、お母さんになんて言ってあげたい？」

「……もう頑張らなくていいよって、言ってあげたい。これからは、私がお母さんを守るよ……って……」

「おう、言ってやれ。きっとお前のお母さんだってそう思ってるよ。お前が抱えてる荷物、全部吐き出しちまえ。ありのまま想いを伝えてみろ。お母さん、絶対に喜ぶぞ」

「本当？　私のこと、嫌いにならない？」

百々子がそう言うと、透は苦笑した。

「お前がずっと引っかかっていた棘《とげ》はそれか。そんな意味のないこと考えてんじゃねぇよ。腹痛めて産んだ自分の娘を嫌いになる母親がどこにいるんだよ。お前のこと、大好きに決まってんだろ」

百々子は、顔をくしゃくしゃにして力強く何度もうなずく。

「伝えたいと思う気持ちがあるなら、伝えられるだけ伝えておいたほうがいい。俺はもう、言えないからさ。父親にも、母親にも……」

百々子の涙がピタリと止まった。濡れた頬を拭うことも忘れて、透を見上げる。

「聞いてもいい？　お父さんとお母さんのこと……」

透は小さくうなずくと、静かに話し始めた。

「小六のとき、母親が出て行ったことは話しただろ？　俺の母親、じつの夫、つまり俺の父親から暴力を受けていたんだ。いわゆるＤＶってやつ。俺の父親は自分の女を殴るクズ野郎ってわけ。母親はそれに耐え切れずに家を出たんだよ」

衝撃の事実に百々子は言葉を失った。

「父親は大手外資系の商社マンでさ。昔は家族思いの優しい父親だったんだけど、仕事が忙しくなるにつれて、気がつけば家庭を顧《かえり》みない男になっていた。俺が小学校高学年に上がった頃から母親を殴るようになっていて、仕事の憂《う》さを晴らすように当たり散らしていた。おかげで家の中はめちゃくちゃだったよ」

「……透も暴力を振るわれてたの？」

「母親が懸命に守ってくれたよ。自分が盾になって、俺を傷つけないようにしてくれた。ガキの俺は守られてばかりで、ただ泣くことしかできなかったんだ。執拗《しつよう》に殴られ続ける母親を見ているだけで、助けてあげられなかった」

　壮絶な過去を前に、百々子は言葉が見つからない。

「だから、母親が俺を置いて出て行ったのは仕方のないことだと思ってる。父親の矛先は俺に変わったけど、それもしばらくして終わったし、母親が受けてきた暴力に比べれば、ずいぶんマシだったから」

　暴力にマシとか、マシじゃないとか、そんなものがあるわけがない。透と母親が受けてきた仕打ちを想像して、百々子の身体に戦慄《せんりつ》が走った。

「お父さんとは、今……？」

「新しい女ができて、別の家で幸せそうにやってるよ。今は昔の面影がないくらい大人しくなってる。週に二回はこの家に帰って来るし。……って言っても、金を置いて行くだけどな」

「そんな……」

　そんなことがあっていいのだろうか。それでは透は一人で生きているのと変わらない。透は淡々と、まるで他人事のように続ける。

「勝手に家を去った女から産まれた、自分に瓜二つの息子に会うのが嫌なんだろ。今さら俺とどう接していいのか、わからないみたいだし。たまに一言、二言交わすことはあるけど、学費のこととか事務的な話ばかりで、普通の親子がするような会話はまるでないな」

透の現状を知れば知るほど、百々子は胸が苦しくなる。

「だからといって、地獄のような毎日を過ごしてきたわけじゃねぇよ。俺には涼や真人がいたし、あいつらの家族にもたくさん可愛がってもらったしな。それに、どれほど父親を恨んだとしても、結局俺がこうして生きていられるのは、あの男が養ってくれてるからであって、捨てられなかっただけでもよかったなって思う。大学にも行かせてくれるみたいだし、そこは感謝しないといけない」

そう話すと、透は苦笑いしながら「漫画みたいな話だろ？　でも、現実なんだよな」と冗談めかして言った。

捨てられなかっただけでもよかった。

そう思えるようになるまで、透はどれほど足掻き、苦しんできたのだろう。

幼い小さな身体で必死に孤独と向き合ってきた透を思うと、百々子は胸が張り裂けそうだった。

「……お母さんとは会いたい？」

百々子が遠慮がちにたずねると、それまで淀《よど》みなくしゃべっていた透が一瞬ためらいを見せた。しかし、すぐに首を横に振った。

「中三の頃だったかな。本当は一度だけ会ったことがあるんだ。って言っても、俺が一方的に見つけただけなんだけどさ。俺、ちょっと期待してたんだよ。いつか母親は俺を迎えに来てくれるんじゃないかってさ」

透はそこまで話すと、一つ大きく息を吐いた。

「でも、その期待は打ち砕かれた。母親にはもう別の家族がいたんだ。小さい男の子の手を引いて新しい旦那らしき人と歩いてた。それを見たとき、ああ俺は捨てられたんだなって思ったよ。家を出てから一度も会いに来なかったし、その時点で察しろって話だよな。自分を痛めつけた元の旦那にそっくりな息子に会いたいなんて思うわけないだろうしさ。俺が勝手に夢見てただけで、とっくに見切りをつけられてたんだ」

「……」

「でも、恨んではない。ショックだったけど、今はそれでいいと思っている。幸せそうに暮らしているなら、それでいいよ」

透はかすかに唇を震わせた。

「俺は早く、できるだけ早く大人になりたいんだ。誰にも文句を言われないくらい力をつけて、大切な人を守れるような大人に」

切なそうに微笑んだ透に、百々子は幼い頃の透の姿を見ていた。

愛を誰からも与えられず、助けを呼ぶ声は誰にも届かず、何もできない自分に苛立ちながら、それでいて誰も恨むこともできない。

だから、早く大人になって、自分が誰よりも強くなることが、透の描けるたった一つの夢だったのだろう。

だが、そんな夢は脆《もろ》くて壊れやすい。泡沫《うたかた》のように儚《はかな》くて、いつ消えてしまってもおかしくない。自分一人で抱え込む苦しさは、百々子が誰よりもよく知っていた。

でも、それがきっと透の真の姿だ。繊細で傷つきやすくて、孤独に慣れた優しい人。幼い頃に受けた傷は時が経ってもかさぶたにならず、今もずっとその痛みを感じながら生きているのだ。

気がつけば百々子は、泣きながら透を抱きしめていた。自分の温もりを分け与えるように、そして透の温もりを感じられるように……。

透はいったいどれほど自分の気持ちにフタをしてきたのだろう。どれほど飲み込んできたのだろう。

きっと、父親にも母親にもめいっぱい甘えたかったに違いない。めいっぱい抱きしめてもらいたかったに違いない。大好きだよって、言ってもらいたかったに違いない。百々子はさっき透から、『腹痛めて産んだ自分の娘を嫌いになる母親がどこにいるんだよ。お前のこと、大好きに決まってんだろ』と励まされたことを思い出す。透はいったいどんな想いでその言葉をくれたのだろうか。百々子には、〝不幸は俺がすべて引き受けるから、お前は幸せになれ〟と言われているような気がした。

でも、そんなことはさせない――。

百々子は自分の額を透の胸に押しつけ、透を抱きしめる手に精いっぱい力を込めた。

「……何、してんの？」

百々子の耳元に、透の少し強張った声が届く。

「頑張ったねって、小さい頃の透を、今、私が抱きしめてるの」

百々子は静かにそう言った。

何度でも抱きしめるよ。何度でも、何万回でも。あなたは決して一人じゃないから。みんなあなたのことが大好きだから。あなたの弱さも全部丸ごと受け止めて、私があなたを守ってあげる――。

「……ありがとう……」

透の声は泣いていた。たとえようのない愛おしさが、尽きることなく百々子の胸に溢れてくる。

百々子はしばらくの間、透を抱きしめていた。

＊＊＊＊＊

手術の翌日の土曜日、百々子は仕事を休まなかった。何事もなかったように、池袋の複合施設に顔を出し、オリーブオイルのPRイベントの補助に入った。

陽一は心底驚いた様子だったが、何も言わずに百々子にいつもどおり接してくれた。百々子の気持ちを察していたからだ。

百々子は一人でいることがどうしようもなく怖かったのだ。仕事を休んだところで、現実は何も変わらない。することがなくて不安に襲われるくらいなら、何も考えられないくらい仕事にすがっていたかった。

夕方四時に仕事を上がると、母親に会いに病院へ向かった。

不破医師から今朝のCTの結果に問題はなかったと説明を受け、百々子は少しホッとした気持ちで集中治療室に入った。

幸い母は人工呼吸器を取り外すことができ、眠りから醒《さ》めていた。まだ意識はぼんやりしているようだが、少し話もでき、百々子のこともしっかり認識できていた。

「百々子……ごめんね」

酸素マスクをした母が涙を浮かべている姿に、百々子も思わず泣きそうになる。

「絶対に治るから。大丈夫。一緒に頑張ろう」

百々子は自分自身に言い聞かせるように、母に言葉をかけた。


その夜、百々子が自宅に着く頃には、午後九時を回っていた。もうマンションの前だというのに足が止まってしまう。一人の部屋に帰りたくなかった。

透のいない切なさと痛みを胸の奥に感じながら、玄関に向かう。

気を取り直して、バッグから家の鍵を取り出そうとしていると、唐突に中からドアが開いた。

「お帰り」

突然の透の姿に、百々子は一瞬夢を見てるのではないかと思った。会いたくて会いたくて仕方がなかった透が目の前にいる。

「足音が聞こえてきたから、もしかしてと思って。久しぶりだな。元気だった？」

「……どうして？」

「あれ？　俺、今日帰るってメッセージ入れたつもりだったんだけど、もしかして届いてない？」

百々子はそう言わて、バッグからスマホを取り出し、未読のメッセージを確認した。通知が届いていたのは夕方頃だ。

「もうちょっと早く連絡してよ……」

百々子は「遅いよ、バカ」とむくれるが、内心は嬉しかった。

「長い間、家を空けてごめん。お帰り百々」

ずるい……と、百々子は思う。透に名前を呼ばれるたび、心臓が鷲《わし》づかみされたような気持ちになるからだ。

会ったら、たくさん文句を言ってやろうと思っていたのに、透の顔を見たら不思議と、嫌味も、皮肉も、全部百々子の頭から吹っ飛んでしまった。

「……透もお帰りなさい」

「ただいま」

透が優しく笑うから、百々子もつられて笑顔になる。

玄関に上がるなり、透は百々子の手からさりげなく荷物を奪った。家に迎え入れてくれるとき、透は必ずといっていいほどそうする。透の優しい習慣だ。

「ごめんね、お腹空いたでしょ？　急いでご飯作るからもう少し待ってて」

たしか冷蔵庫には、残り物の食材しか入っていなかったはずだ。せっかく久しぶりに二人で過ごせる夜なのに、たいした料理ができない。きちんと補充しておくべきだったと、百々子はうなだれる。

「ああ、それなら作っておいたから大丈夫」

「えっ⁉」

透の声に百々子は顔を上げる。

「きっと疲れているだろうと思ったから。でも、俺が作ったものだから、味の保証はないけど」

透だって疲れているはずなのに、その気遣いに百々子は恐縮しながらも、嬉しかった。小さな声で「ありがとう」と伝えた。

透が作ってくれたオムライスは今まで口にしたオムライスの中で一番美味しかった。百々子が素直に「美味しい」と口にすると、透が「残り物で作ったから適当だよ」と少し照れくさそうに頭をかいた。

相変わらず、言い方はぶっきらぼうだけど、透の優しさが伝わってくる。ああ、透が帰って来たんだなと、ようやく実感がわいてきて、百々子は幸せな気持ちになった。

夕食の後、「ゆっくり入ってこい」という透の言葉に甘えて、百々子はアロマオイル入りのお風呂で身体を十分に癒した。

お風呂を出るとパジャマに着替え、リビングに戻る。透はソファで本を読みながらくつろいでいた。

百々子は母親のことを切り出すなら今だと思った。

「あの……」

「あのさ」

本を閉じ、顔を上げた透と百々子の言葉と視線が重なる。二人の間に、一瞬、沈黙が流れる。まさかシンクロするとは思わなかったため、なんだか気まずくなる。

「ごめん、透からでいいよ。何?」

「あ……なんていうか」

言いにくそうに透が視線を泳がす。

「今日、珍しい格好してたなって」

構えていた百々子は一気に肩の力が抜けるのを感じた。同時に、ぱっと花が咲いたように表情が明るくなる。透の言った珍しい格好とは、今日、百々子が着ていた服装のことだった。

百々子は社食で由希に女子力とマンネリ化について説教されたあの日、アパレル展示会に向けての決起会という名目のもと、会社近辺にあるショップへと由希に連れ出され、洋服を新調したのだ。

由希の見立ててくれた服装は、百々子が絶対に着ないと断言できるようなフェミニン系のファッションだった。トップスは白のVネックのニット、ボトムは薄いピンクのタイトなレーススカート。全体的にボディラインがくっきり出るタイプのものだ。

普段、生足を見せるどころか、スカートさえはかない百々子にとってそれらを着るのは非常にハードルが高く、思わず「無理！」と叫んでしまうほどだった。店内で試着するのも、百々子は躊躇《ちゅうちょ》したくらいだ。

由希にしつこく説得されたのもあって渋々着替えると、由希は現れた百々子を見て感嘆の声を上げた。

「すっごく似合ってます！　先輩はもともと美ボディなんだから、身体のラインは絶対に見せるべきです。隠してたらもったいないですよ！」

由希はそう大絶賛してくれたが、当の百々子は閉店ぎりぎりまで迷っていた。

こんな女子力の高い格好は、今まで一度もしたことがなかった。胸元や足元が守られていないと落ち着かないし、無駄にそわそわする。

これを着るか、もし着なければ崖から飛び降りるか、の二者択一を迫られたら、まず後者を選んだ後、どう助かるかを考えるのが百々子だった。

そんな百々子を動かしたのは、やはり由希だった。

「先輩のこんな姿を目にしたら、彼は絶対にドキドキするでしょうね。これを機に脱マンネリですよ。先輩だって、彼に可愛いって思ってもらいたいでしょ？」

そのダメ押しで、百々子は購入を決めたのだ。そして、その勢いのまま別の店に移動して、下着まで由希に見立ててもらうことになった。自信に満ちた由希の気迫に逆らえなかったからである。

しかし、購入したのはいいものの、やはりいざ着るとなると勇気が必要で、百々子はなかなかデビューできずにいた。思い切って今日をデビュー日にしたのは、いい加減着てこいという由希のプレッシャーもあったが、単純にいつもと違う気分になりたかったからだ。

母の倒れた翌日に、派手な格好をすることに抵抗がなかったといえばウソになる。でも、逆に外見だけでも、百々子は気分を変えたかった。自分が前向きな気持ちでいないと、母の身に不幸を引き寄せそうな気がしたからだった。

イベント会場に直行したため、百々子が顔を合わせた社員は一部だったが、みんな驚きながらも、目を輝かせて「似合っている」と言ってくれた。お世辞かどうかの見極めくらいは百々子にもついた。

おかげで百々子は違う自分になれたような気がして、それだけで前向きな気持ちになれた。さらに母も意識を取り戻し、少し話もできた。そんなところに、さらに透から言葉をかけてもらい、百々子は嬉しくて天にも昇る気分だった。

「思い切って服の系統を変えてみたの。どうかな？」

百々子はドキドキしながら、透の返事を待つ。しかし。

「えっ、あー……。百々には似合わないんじゃない？」

まさかの透の返事に、百々子は顔色を失った。そんな言い方をされるとは、夢にも思っていなかった。

あからさまに肩を落とす百々子を見て、透は顔を引きつらせながら、慌てて弁明する。

「似合わないんじゃなくて、な、なんていうか、だいぶ女らしいっていうか……肌が見えるのが気になるっていうか……」

ショックが尾を引いて、百々子の耳に透の言い訳は入ってこなかった。

「もういい！　透の前では絶対に着ない!!」

百々子は寝室に逃げ込み、ベッドに顔を伏せた。

「ごめん、百々」

透が慌てて追いかけて来て、百々子の背中に話しかける。

「俺が悪かった」

何も答えない百々子に、透がなおも言い募る。

「似合ってないって言ったのは違うから。本当はめちゃくちゃ似合ってた」

「……いいよ、無理しなくても。今さらフォローなんかされても嬉しくない」

「フォローなんてしてないって。びっくりしたんだよ。いつもと雰囲気が違ったから焦ったんだ」

「どうせ私には似合わないもん。安心して。もう一生、着ることないから」

「だから、なんでそうなるんだよ。傷つけたならごめん。いくらでも謝るから勘弁してほしい」

「いいってば、もう放っておいて」

そう言いながら、百々子は自分の幼さに嫌気がさしていた。

ケンカなんてしたくなかった。二人の関係が不安定なときに意地を張っている場合じゃないこともわかっていた。早く収拾をつけたかったが、今さらどうやって終わらせればいいのかわからなかった。

すると、ベッドのスプリングが軋《きし》んだ。透がベッドに腰掛けたのだとわかる。

そして透は、百々子より先に、素直な想いを口にしてくれた。

「ずっとこのままなんて嫌だ。久しぶりに会えたのにケンカしてんのつらい」

透の言葉が胸に響く。百々子も同じ気持ちだった。でも、〝私も〟の一言がなかなか言えなかった。

百々子が何も言えずにいると、透が観念したように吐き出した。

「俺の知らないところで、誰かに俺の知らない百々を見られたんだと思ったら、面白くなかったんだよ。だから、心にもないことを言っちゃったんだ。……ああクソ、小せぇな俺」

きっと透の本心だろう。そんな透がたまらなく愛おしくなって、百々子はベッドに押し付けていた顔を上げ、透を見つめた。

「許してくれる？」

百々子がかすかにうなずく。

「じゃあ、触れてもいい？」

恐る恐る透がたずねる。百々子がもう一度小さくうなずくと、透に優しく引き寄せられた。

「ごめんなさい。久しぶりに会えたのに、突っかかってばっかりで……」

勇気を出して謝ると、百々子は大好きな透の広い胸に顔を埋めた。

「謝んなくていい、ちゃんとわかってるから」

ポンポンと優しい温もりが、百々子の頭に落ちてくる。

「百々、顔を見せて」

その声に吸い取られるように百々子が顔を上げると、そっと透の唇が重なった。久しぶりに触れた透の唇は柔らかくて甘かった。

次第に優しい口づけは熱を帯び、熱い吐息が口の中に送り込まれる。ゆっくりと口内を探るように透の舌が動いて、百々子は声にならない喘《あえ》ぎ声を漏らす。

「待っ……」

唇が自由になった一瞬の隙を突いて百々子が言いかけた言葉を、透の口づけがまるで「待たない」とでもいうように塞ぐ。

透の唇は包み込むように角度や深度を変え、ときには甘噛みしたり、軽く吸ったりしながら、しがみつくようなキスが落ちてくる。その緩急に次第に意識が遠のいていくのを百々子は感じながら、気がつくとベッドの上に仰向けに横たわっていた。

透は一度百々子から身体を離すと、着ていたシャツを頭から脱ぎ捨てた。薄暗い照明に浮かぶ透の引きしまった上半身に、百々子の心拍数が一気に上がる。

見惚れていると、透が足元から覆い被さってきて、また唇を塞いだ。熱いキスを繰り返しながら、透は器用に百々子の上着のボタンを外していく。やがておろしたてのランジェリーが露《あら》わになり、そこで透の手が止まった。

「下着変えた？」

百々子は恥ずかしさのあまり顔を背ける。

「いちいち聞かないでよ……」

「服だけじゃなくて、下着まで変えてたら、何かあったかと思うだろ」

透の鈍感さに呆れながらも、心配している姿が可愛く思えて、怒る気にはなれなかった。

「全部透のためだよ。こっちは透に飽きられたくなくて必死なの！」

思わず白状させられてしまい、百々子は顔を手で覆う。そのまま透の言葉を待つが、透は何も言わない。百々子は我慢できずに自ら返事を求める。

「何か言ってよ……」

百々子がやっとの思いで口からこぼした台詞は、自分でもみっともなく感じられた。

「俺が百々に飽きるわけねぇだろ」

そう言うと、透は顔を覆っていた百々子の両手を解《ほど》いて、再び唇を押し当てた。手首を押さえたまま百々子の唇をこじ開け、舌を絡ませる。透のキスに酔いしれているうちに、百々子の身体から自然と力が抜けていく。

気づいたら、百々子は下着も剥《は》ぎ取られていて、白い肌は冷たい空気にさらされていた。けれども、身体は火照るように熱く、キスしただけなのに、すでに透を受け入れる準備はできていた。

次第に透の唇が耳たぶに移動し、チュッと音を立てる。

「ん……っ」

身体に電気が走るような感覚に襲われる。くすぐったくて、震えるような感覚に、あらがうことができない。

キスの雨はやむことなく降り続け、首筋から鎖骨、なだらかな乳房、そして下腹部から下にゆっくりと、刻印を押すように透の唇が這っていく。

まるで宝物に触れるような優しい愛撫《あいぶ》に、百々子は身体をよじらせながら何度も甘い声を上げた。

慈しむように肌を撫でる大きな手、身体中をキスで埋め尽くす優しい唇。すべてが心地よくて、愛おしくて、百々子は訳もなく涙が込み上げそうになる。

「好き……」

ずっと透に触れたかった。触れられたかった。

「大好き……」

一度口にしたら、気持ちが溢れ出して止まらなくなる。百々子は透にすべてをさらけ出した。肌を重ねているときだけは、心も身体も素直になれる。

「百々……ごめん、もう……」

百々子を見下ろしながら、透がうめくように囁く。

「私も……お願い……」

透は顔を歪めると、百々子の腰をそっと引いた。それからゆっくりと腰を押し込んで、深く入ってきた。

下腹部の奥がぐっと熱くなり、百々子はたまらず声を上げた。弓なりに背中を反らし、透を受け入れる。力の入らない両腕を伸ばし、朦朧《もうろう》とした意識の中、透を見つめる。

「透……ぎゅってして」

深く繋がったまま、透は少し苦しそうに息を乱しながら微笑み、きつく百々子を抱きしめる。ぴたりと密着した胸板からお互いの体温が溶けるように駆け巡る。

百々子は、まるで溢れんばかりの愛の告白に包まれたような安心感で心が満たされ、自分が透に抱きしめられるこの瞬間をどれほど待ち望んでいたかを再認識する。

抱きしめ合うことは、これ以上にない愛情表現だと百々子は思った。言葉はなくても、透のすべてを感じることができる。

透をずっと抱きしめていたい。透にずっと抱きしめられていたい。百々子は潤んだ瞳で、透との未来をただただ願った。

透は愛おしそうに百々子を見つめて、撫でるように髪をかき上げると、百々子のまぶたにキスを落とした。そして二人はまた見つめ合って、唇を重ねた。

「きつかったら言って」

透の吐息交じりのその言葉を合図に、つながった場所が痺《しび》れるように疼《うず》いた。百々子は、あとはもう訳がわからなくなって、透に翻弄されるばかりだった。

あっという間に快楽の波に飲み込まれ、百々子は透の首に両手を回してしがみつきながら、愛おしい透の熱を受け止めた。


行為の余韻に浸るように、素肌のまま二人で寄り添い合っていると、透が「仕事、落ち着いたから」と呟くように言った。

百々子は透の胸板から頬を離し、顔を見上げる。

「本当?」

落ち着いたということは、これからは透に会える時間が増えるということだ。不安げに瞳を揺らして見つめる百々子に、透は微笑んだ。

「ああ。これからは早く帰れるよ」

嬉しさのあまり、百々子の顔が明るくなる。透に頭を優しく撫でられ、百々子はふっと声を立てて笑った。

「何笑ってんだよ?」

「透って頭撫でるの好きだなぁって思って。高校の頃からだよね。癖なのかな?」

「百々の髪、フワフワしてて無性に触りたくなるんだよな」

「でも、私、仲のいい後輩にはボサボサだって言われたりするんだよ。思い切ってバッサリ切ろうかなぁ」

「ダメ。切らなくていい。俺、お前の長い髪、気に入ってるから」

透がそう言うのなら、ずっと長い髪でいようと百々子は思う。

気恥ずかしくて、百々子は照れ隠しのように「しょうがないなぁ」と微笑んだ。

「……ごめんな」

透が切なげに眉根を寄せた。

「何が？」

「ここんとこ、俺の仕事が忙しくて、二人の時間なんてなかったろ？　ろくに話をする時間すら作ってやれなかったからさ。俺に〝飽きられたくなくて〟って、いつの間にかそんなふうに思わせてしまってたんだなって」

こうして透が帰って来てくれて、そばにいてくれるだけで十分だと、百々子は思った。すれ違いが続いて、透の気持ちがわからなくなって悩んだこともあったが、もう大丈夫な気がした。

『俺が百々に飽きるわけねぇだろ』

不意にさっき透が言ってくれた言葉を思い出して、百々子は胸をときめかせる。

未来についての約束はなくても、この言葉があれば信じていけると思った。

透が好きだ。その想いさえあれば、この先どんなことがあっても、きっと乗り越えられる――。

「別に大丈夫だよ。透が忙しいのわかってたから。プロジェクト、無事に終わったんでしょ？　頑張ったね。お疲れ様」

百々子は透の胸に頬をすり寄せて、目を閉じる。

直《じか》に伝わる透の体温が気持ちいい。ここのところ、ろくに睡眠もとれていなかったせいだろうか。透の温もりに包まれると、途端に眠気が襲ってきた。

「そういえば百々、昨日電話くれたろ？　なんかあった……って、おい」

百々子は意識が途絶える前、透が微笑みながら〝おやすみ〟と囁いてくれたような気がした。

第三章　壊れた心

翌朝百々子が目を覚ますと、隣で抱きしめ合うように眠っていたはずの透の姿がなかった。

ぼんやりした意識の中、辺りを見回すが、そばにいない。嫌な予感がして、百々子は服を身につけると、寝室を飛び出した。

透の姿はリビングにもなかった。ただ、テーブルにはノートパソコンが開かれたままになっていて、その横にはＩＴ関連の本が積まれている。

百々子がその中の一冊を手に取ると、プログラミング関連の参考書だった。ＰＣの画面には、ソースコードらしき文字が延々と並んでいる。

ＰＣはログインされたままだし、参考書が放置されたままになっているところを見ると、つい今まで透がここで勉強していたのは間違いないようだった。

透の仕事の詳細はわからないが、ＩＴ業界は技術革新のスピードが速いため、日々研鑽《けんさん》を積んでいないと、すぐ取り残されてしまうということは百々子も承知していた。

だから透は以前から、家でもよく仕事関連の本を読んでいるようだった。

十八歳のとき、百々子は透に将来の夢をたずねたことがある。その際、透が目を輝かせながら、プログラミング関連の仕事がしたいと答えたことを、百々子は今でも覚えている。

透はその頃から地道に努力を重ね、システム開発者となり、その夢を叶えた。百々子はそのことを知っているだけに、たとえ自分の気持ちを押し殺しても、透の足枷《あしかせ》になるようなことはしたくないと思ってきたのだ。

「おはよ」

百々子がびくっと肩を震わせた。

そこにはスーツに身を包んだ透がいた。髪がほんの少し濡れているのでシャワーでも浴びていたのだろう。安堵するとともに不安がよぎる。昨夜、〝仕事は落ち着いた〟と言っていたが、日曜日なのに今日も出勤なのだろうか。百々子は思わず持っていた参考書を、胸の中に収めた。

「おはよう。もう起きてたんだ？　早いね」

「ああ、ちょっと勉強してたんだ」

「そっか……。なんだか難しそうだね」

そう言いつつ参考書を渡すと、透は少し気まずそうにそれを受け取った。

「まぁな。でも楽しいよ」

「頑張るのもいいけど、無理だけはしないでね」

百々子が平静を装ってそう言うと、透は「あぁ……」と、少しバツが悪そうにうなずいた。それが申し訳なくて、百々子はわざと明るい声を出す。

「起きるの遅くなってごめんね。今から急いで朝ご飯作るから」

「謝るなって。全部俺の都合なんだから百々が気にすることないよ。それに朝も無理してご飯作らなくていいから。百々だって仕事きついだろ。今日も出なんだろ？」

「うん。でも、お昼からだから、私は大丈夫」

たしかに百々子自身も、お昼から夕方までイベントの手伝いに入らなければならなかった。でも、朝ご飯を作ることくらい少しも苦ではない。透に寄り添い、支えることが百々子にとっての幸せだった。

「ありがとう。でも、時間的にもそろそろ仕事に向かわないと。だから、百々はまだゆっくりしてろ」

「やっぱり仕事なんだ……。もう行くの？」

「ああ。明日までにプロジェクトの報告者を作成しなきゃいけないんだ。ついでにほったらかしてた雑務も済ませてくるよ。でも、遅くはならないから。約束するよ」

「……わかった。気をつけてね」

玄関で透の背中を見送りながら、百々子は胸に手を当て、昨夜抱きしめられたときの温もりを思い出そうとする。

しかし、あんなに喜びに包まれ、これ以上ないくらい愛を感じたのに、今は透が遠くに感じられる。

ドアが冷たい音を立てて閉まると、そんな不安を振り払うように百々子は、一人朝食の準備を始めた。


仕事帰り、昨日に引き続き百々子は母親の面会に向かった。母親は昨日より意識ははっきりしていたが、同時に激しい頭痛と吐き気に悩まされていた。

不破医師の説明によると、出血の際に脳内に残った血液によるもので、一週間程度痛みが続くのは特別なことではないとのこと。

それを聞いて百々子は少し安心したが、病院食も喉を通らず、ガーグルベースンというベッド上で使用する洗面器に何度も顔を伏せる姿は見るのもつらかった。百々子は母親に寄り添い、ずっと背中を擦っていた。

百々子が家に着いたのは夜の八時頃だった。

母の介抱は思いのほか身にこたえていた。しばらくこうした毎日が続くことを考えると、やはり透に話しておくべきだと、百々子は思う。透なら絶対に力になってくれるに違いなかった。

そんなことを考えながら、玄関に入った百々子はその場に固まった。足元には、透の靴と、見覚えのない女性用のヒールがあった。

静かにドアを閉め、恐る恐る廊下を進む。

そっとリビングをのぞき込むと、透の後ろ姿が見えた。

そしてその背中には、細い女性の腕が回されていた。

頭をハンマーで殴られたような衝撃を受ける。まるで時が止まったかのように、百々子はその場から動けなくなった。

百々子の位置から透や女性の顔は見えないが、嗚咽する声が聞こえ、女性が泣いていることがわかった。

ただせめてもの救いは、透は身じろぎもせず立っているだけで、女性の身体に腕を回していないことだった。

「お願い、宮瀬くん。そばにいて……。私が頼れるのは宮瀬くんしかいないの」

女性は震える声でそう言うと、透を抱きしめる腕に力を込めた。

嫌だ。透に触らないで。透の胸の中は、私のたった一つの居場所なのに――。

百々子は、膝が震えて今にも崩れてしまいそうだった。

それ以上、二人を見ていられなくなって、そのまま踵を返して静かに立ち去った。

マンションを出て、当てもなく真っ暗な道を歩く。

引っ越して来た当初、のどかで素敵な街だねと二人で微笑み、手をつないで歩いた早淵川《はやぶちかわ》沿いの河川管理用通路を、やりきれない気持ちで歩いていく。川の流れに同調するようにひどく冷たい風が、百々子の正面から吹きつけた。

やがて、小さな公園が百々子の目に留まった。あざみ野に住み始めてもうすぐ五年が経とうとしているのに、まだまだ知らない場所があるんだなと思いながら、百々子は公園内のベンチに腰を下ろした。

小さな街灯の下、うつむいたまま震える手でスカートの裾を握りしめる。透を抱きしめる女性の細い腕が嫌でも頭に浮かんでくる。思い出しただけでも気が狂いそうだった。

あの女性は誰？　まさか、浮気？

そんな考えがよぎるが、すぐ打ち消す。

透がそうしたタイプの人間でないことは、百々子が一番知っているはずだ。

どのくらいそうしていただろう。

辺りを歩いていたカップルらしき男女の声で、百々子はようやく現実に引き戻された。時計を見ると、夜の九時を回っている。家を逃げ出してから一時間近く経っていた。

帰ろう。ここにいても何も解決しない。帰って、きちんと透と向き合おう――。

そう決意するものの、最悪な展開が待ち構えているかもしれないと思うと、百々子はなかなか立ち上がれなかった。それでも鉛のような重い身体を引きずって、マンションへ向かった。

玄関の前までたどり着いたものの、百々子は足がすくんで中に入れずにいた。

大丈夫。私は透を信じている――。

そう自分を奮い立たせて、百々子は震える手でドアを開いた。

玄関の三和土《たたき》からはヒールは消えていた。少しだけホッとする。しかし、それもつかの間、百々子はそこにあるはずの透の靴もないことに気がついた。

「透？　いないの？」

パンプスを脱げ捨て、脇目も振らず室内を探し回る。しかし、一番奥のリビングにも透の姿はなかった。

百々子は崩れるようにその場に座り込む。冷え切ったリビングで、膝の上に顔を伏せて縮こまる。

すると、玄関のドアの開く音が聞こえた。

ハッとして立ち上げると、透が息を切らしてリビングに駆け込んできた。

目の前の透の姿に、百々子は絶句する。左頬は腫れ上がり、唇は切れて血が滲んでいた。一目で殴られた痕だとわかった。

「どうしたの……その顔……」

この一時間の間に何が起きたというのだろう。

「早く手当てしなきゃ」

「百々、大事な話がある」

慌てふためく百々子を制して、透が冷静に口を開いた。百々子は無言のまま、透を見つめた。

「今日、事情があって百々以外の女性をこの部屋に上げた。でも、誓って言う。百々を裏切るような真似はしてない」

「でも、透のこと、抱きしめてた」

ぽつりと百々子はこぼす。

女性が一方的に抱きしめていただけだとしても、身体を触れ合っていたことに変わりはない。百々子の言葉に透は目を見開いた。

「抱きしめてたって、まさか……」

「仕事から帰ったら玄関に知らない女性のヒールがあった。それで、リビングのドアが開いてたから、たまたま見ちゃったの。その人が透を抱きしめてるところを……」

百々子が苦しそうな表情を浮かべる。事情を理解したのだろう。透は悲しそうに顔を歪ませた。

「百々、今までどこにいたんだよ？　もしかして、ずっと外にいたのか？」

「だって、怖くて……」

百々子は溢れ出そうな涙を必死に堪える。

「ごめん、不安にさせたよな。本当にごめん。たしかに彼女に迫られたのは事実だ。でも、すぐに振り払った。俺には一緒に暮らしている人がいるから、気持ちには応えられないって」

透が真実を語っていることは目を見れればわかるが、百々子の心から簡単に不安は消えてくれなかった。

「……あの女の人は誰なの？」

「彼女は城田綾《しろたあや》っていう会社の同僚だ」

透は静かに続けた。

「同僚って言っても、もともと城田のことはよく知らなかったし、彼女の部署は管理部ってこともあって接点もなかった」

「じゃあ、どうして……」

「無事にクライアントにシステムを納品した一昨日、かかわったメンバー全員で打ち上げがあったんだ」

一昨日ということは、百々子の母親が病院に運ばれた日だ。

「飲み会が終わって、システムの連中だけで二次会に行こうって話になったんだけど、体力的にきつかったし、早く家に帰りたかったから、俺は断ってチームのみんなと別れたんだ。だけどその帰り道、駅に向かって歩いてたら、女性の悲鳴が聞こえたんだ。駆けつけてみたら、城田が男ともめていたんだ」

悲鳴とは、相当な修羅場だったのだろう。百々子は身をすくめた。

「ただ事ではない雰囲気だったから、とりあえず止めに入って、城田を連れ出して避難させたんだ。相手の男は彼氏だって言うから事情を聞いたら、その男とは同棲中で数カ月前から暴力を振るわれてるって」

透は、城田が憔悴しきっていて歩くのもままならない状態だったことや、放ったまま帰るわけにもいかなかったことを百々子に話した。

「だから仕方なく、タクシーを拾って、近くのビジネスホテルまで連れて行ったんだ。それで部屋まで見送って帰ろうとすると、頼れる人がいないから力になってほしいって引き止められた。もちろん断ったよ。気の毒には思ったけど、他人の俺が深入りするような話じゃないし、現実にできることはないしさ」

そう言って透はつらそうに顔をしかめた。

「城田と別れた後、時間を見たら終電を過ぎてるし、次の日も朝早かったから結局会社に泊まることにしたんだ。百々にも連絡を入れておこうと思ったんだけど、スマホの電源が切れてて……それが一昨日の話。それで昨日にはもう、そんな出来事があったことも忘れてたんだ。それがさっき突然、城田が訪ねてきたんだ」

おそらく、綾は管理部の特権を活かし、透の個人情報を引き出してマンションまで押しかけて来たのだろう。

透はまぶたを狭め、よりいっそう表情を歪めた。

百々子は首を横に振った。透の気持ちを思うとなんて声をかけていいのかわからなかった。

透は本当は、彼女を助けたかったに違いない。

幼い頃、暴力に苦しむ母親の姿を見て育った透にとって、彼女が今置かれている状況は他人事に思えないだろう。でも、そうしなかったのは、おそらく自分への気遣いもあってのことだろう、と百々子は思った。

「百々が見たのは、お願いだから助けてほしいって泣かれていたところだと思う。きっぱり断ったけど、一人で帰らせるのは酷《こく》だったからホテルまで送ってきたんだ。そしたら、例の男が待ち伏せしてて、彼女を見つけるなり殴り始めて。止めに入った拍子に……」

そう言って透は、まだ血の滲む唇を撫でた。

おそらく男はGPS機能やら追跡ソフトを使って、ホテルの場所を探し出したのだろう。完全なストーカーぶりに、百々子は背筋が寒くなる。

「大変だったね。もう無茶しないで……」

百々子はそう言って頬に手を伸ばすが、透は一瞬沈黙した後、かすれた声で言った。

「ごめん、百々……。俺は城田を黙って見過ごせない。俺にできることがあるなら、できる限り力になってあげたいと思ってる」

その発言に少なからずショックを受けて、百々子は目を瞠《みは》った。

「ごめん……」

「……力になるって、警察は？　透が下手に加わっても危険なだけだよ。DV専門の相談機関とか、もっと頼るべきところがあるでしょ？」

理性をフル回転してそう言葉を絞り出すと、透はまた苦しげに顔をしかめた。

「もちろん相談するように勧めてる。ただ、そこまで大ごとにしたくないらしくて、首を縦に振らないんだ。たぶん、罵声を浴びせ続けられたせいで、〝自分にも問題がある〟って思い込まされているんだと思う。そうした洗脳が解けるまで、誰かの支えが必要なんだ」

被害者であるにもかかわらず自身を責めてしまうのは、暴力と恐怖心によって自信や自尊心を奪われ、正常な判断能力を狂わされている証拠だ。

「……どうしても透じゃないとダメなの？」

さすがに見捨てろとは言えない。そう言うのがやっとだった。

「ごめん、百々……」

それが透の答えなのだ。嫌だと訴えたところで、透の決意は変わらないだろう。

「……わかった」

透の気持ちを受け止めることしか、今の百々子に選択肢はなかった。

結局、透に母親の病状を打ち明けられないまま、百々子は退社後に一人で真っすぐ病院に向かう毎日が続いていた。

これ以上透に、負担をかけたくはなかった。

幸い母親の容態は危機的状況を脱出し、集中治療室から一般病棟に移ることが決まった。激しい頭痛や吐き気といったつらい症状を乗り越え、少しずつだが食事も取れるようになってきたようだった。

透とすれ違う生活が続く日々の中で、母の回復は百々子の唯一の救いだった。

百々子は、母親の笑顔を見られるようになっただけでも幸せだと思うようにして、なるべく透と綾のことは考えないように努めた。

「透くんは元気？」

一般病棟に移ったその日、母親が百々子に聞いてきた。

百々子は面会中、透の話は一切していなかった。しかし、長年の恋人の話題が出てこないことに、母親も不審に思ったのだろう。

「……うん。元気だよ。透、今仕事が忙しくて身動きとれないんだ。でも、お母さんのことすごく心配してて、お見舞いに行けないことを謝っておいてほしいって、いつも言ってる」

百々子はそんなウソをつくたびに、後ろめたさで心がすり減っていくような気がした。


そんな取り繕った百々子の生活も、限界が近づきつつあった。

母親が一般病棟に移った翌日の昼休み、由希が百々子に心配そうにたずねてきた。

「先輩、大丈夫ですか？　なんか体調悪そうですけど」

「そう？　全然大丈夫だよ。いつもとなんら変わりなし！」

「でも……」

「ほら、もたもたしてないで社食行こ！　早く行かないと、席なくなっちゃうよ」

百々子は追及を回避しようと、由希の背中に手を当てて社食へ促す。由希はなおも心配そうな顔をしていたが、百々子は気づかないふりをした。

ランチを軽く済ませ、百々子は息つく間もなくオフィスに戻った。デスクに向かい合い仕事に没頭していると、「月岡さん」と背後から優しく肩を叩かれた。

振り向くと、陽一が優しげな笑みを浮かべて立っていた。

「朝比奈主任、お疲れ様です」

「お疲れ様。ちゃんと休憩取った？　戻って来るの早くない？」

「はい。ちょっとやり残したことがあったので……」

すぐ片づけないといけない仕事ではなかった。でも、今はなんでもいいから何かに意識を向けていたかった。

「入社してからずっと見てきたけど、本当に月岡さんは頑張り屋さんだよね。でも、たまにそこが心配になるよ」

陽一は困ったように口元を緩めた。つられて百々子も苦笑する。

「で、仕事が大好きな君にお願いがあるんだけど、資料保管室から取ってきてもらいたい企画書があるんだ」

詳しい内容を聞き、陽一の申し出を二つ返事で引き受けた。

資料保管室には、過去の企画書や見積書など、扱いに注意が必要な資料が保管されている。エム・プランニングの入る七階フロアでは一番奥にあり、用事がなければ、めったに人が訪れることのない場所となっている。

ＩＤカードをかざし、狭い室内にゆっくりと足を踏み入れると、人感センサー付きの照明が作動し、暗かった室内が明るくなる。

すぐに目的の棚は見つかり、百々子がファイルに手を伸ばしたときだった。唐突にドアが開いた。

百々子は現れた人物に目を丸くした。

「朝比奈主任、どうして?」

「こうでもしないと、月岡さんと二人きりになれないでしょ?」

陽一は悪戯っぽく微笑むと、ゆっくりと近づいてきて、百々子の前で足を止めた。

「月岡さんのことがずっと心配だったんだ。僕が力になるって言ったのに、全然頼ってくれないし」

そう言っておどける陽一に、百々子は笑みをこぼしてお辞儀をした。

「その節は大変お世話になりました。朝比奈主任には本当に感謝しています」

「感謝……ね。ま、いいや。それで、あれからお母さんの具合はどう?」

「お陰様で順調に回復しているようです。主治医からは退院も見えてきたとおっしゃっていただいています。いろいろお気遣いいただいているのに、ご報告が遅くなってしまい、申し訳ありません」

もう一度百々子が頭を下げると、陽一は慌てて手を振った。

「いや、全然いいんだよ。僕が勝手に心配していただけだから。でも、聞けて安心した。よかったね、月岡さん」

「はい……」

自分のことを気にかけてくれている人がいるという事実だけで、百々子は心強く感じた。

「その後、彼とはどう？　ちゃんと協力してもらえてる？」

「……はい。相変わらず忙しそうですけど、力になってくれてます」

「そう……」

これもウソだった。透は綾のことで手いっぱいで、とても相談を持ちかけるどころではなかった。

綾は何かにつけて透に電話をしてきては、透を呼び出そうと必死なように見えた。受話器から漏れ聞こえてくる声は、必ずと言っていいほど泣き声で、透が手を焼いているのは一目瞭然だった。

百々子は陽一に悟られないように唇を軽く噛むと、ファイル棚に向き直り、目当てのファイルを今度こそ引き抜く。

「……探されていた企画書、見つかりました。休憩時間も終わりますし、そろそろ戻りましょうか」

百々子は笑顔を作り、ファイルを陽一に開いて見せた。

するると、陽一はファイルには目を向けず、百々子の瞳を真っすぐに見つめ、噛みしめるように言った。

「もし、彼より先に僕が君と出会っていたなら、今頃、君の隣には、僕が居られたのかな?」

「えっ?」

陽一の予期せぬ言葉に、百々子は激しく動揺する。どう返事をすればいいかわからず、聞こえなかったことにして、百々子は慌ててファイルを閉じた。

「わ、私、先に戻りますね」

百々子が小さく頭を下げ、陽一の横を通り過ぎようとしたときだった。腕をつかまれ、陽一に抱きしめられた。

百々子の手からファイルが滑り落ち、乾いた音とともに書類が床に散らばる。百々子は両手で陽一の胸を押し返そうとしたが、強い力で引き寄せられた。

「あ、朝比奈主任、離してください」

「嫌だって言ったら?」

低い声で囁かれ、百々子の耳元が熱くなる。

「だ、誰か人が来たら……」

「誰も来ないから大丈夫」

陽一の温もりが徐々に伝わってくる。スーツからはほのかにコーヒーの香りがして、その心地よさに全身から力が抜けそうになる。

このままではいけないと思い、百々子が再度抵抗しようとしたときだった。

「月岡さんのことが好きだ」

言葉と同時に、陽一の腕にさらに力がこもる。

身動きできないほどきつく抱きしめられ、百々子は呼吸することすら忘れそうになる。

「今の君は痛々しくて見てられないんだ。無理して笑って、気丈に振る舞う姿に胸が締めつけられる。僕なら絶対に君を悲しませたりしない。彼よりも君を幸せにする自信がある」

陽一の激しい胸の鼓動が、百々子の耳にまで届く。

「泣きたいときは我慢しないで泣いていいんだよ。僕でよければいくらでも胸を貸す」

ストレートな告白に百々子の胸がいっぱいになる。

でも、私の居たい場所は――。

腕の力が少し緩むのを感じて、百々子は両手でそっと陽一の胸を押した。陽一は今度はされるがままだった。二人の間に少しだけ距離ができると、百々子は陽一の顔を見上げた。

「朝比奈主任の気持ちは私にはもったいないくらい嬉しいです。でも私は、彼が……透が好きなんです」

百々子を見つめる瞳が切なそうに揺れている。陽一の気持ちを考えると百々子は心が痛んだ。でも、百々子は目をそらさずに続けた。

「私が泣ける場所はこの世でたった一つしかありません。どんなことがあっても帰りたいと思う場所は彼の隣だけなんです」

「そんな苦しそうな顔を見せておいて、まだ言うの？　君は彼の前で素直に泣けてるって言うの？」

百々子はかすかに笑ってうなずいた。

「……僕から見れば、彼を想う君はとても幸せそうには見えない。彼からないがしろにされているようにしか思えないよ」

「そうだとしても、私には彼以外考えられないんです。ごめんなさい」

「月岡さん……」

百々子は陽一に頭を下げると、資料保管室を後にした。


十二月に入り、寒さは一段と厳しくなっていた。

暖房で温まったリビングでソファにくつろぎながら、百々子は卓上カレンダーを眺めていた。

今月の二十三日は透の誕生日だった。

それと同時に、その日は二人にとって大切な九回目の交際記念日でもあった。

百々子はその透の誕生日に、サプライズな演出を計画しているのだ。

自分のことについては無頓着な透は何年か前にも、当日になっても自分の誕生日を忘れていることがあった。でも、だからこそ、サプライズのしがいがあるのだ。

すでに購入したプレゼントは、休みの日に何軒も店を巡り、あきらめかけたところで見つけたカシミヤのマフラーだった。ショーウインドウに飾られていたものを、百々子が一目惚れして選んだものだ。

プレゼントは最初からマフラーと決めていた。初めて一緒に過ごした誕生日に透にあげたのも、マフラーだったからだ。

当時百々子のなけなしのお小遣いをはたいて買ったそのマフラーは、今ではすっかりくたびれていて、デザイン的にも今の透が着けるには幼すぎていた。

それでも、透が毎年そのマフラーを大切に使ってくれていることを百々子は知っていた。

相変わらず、綾はことあるごとに透を呼び出している。

けれど最近では透もあしらい方がわかってきたのか、何度かに一回は、そのまま家にいてくれるようになっていた。綾には悪いと思いつつも、百々子は内心そのことにホッとしていた。

透はプレゼントを喜んでくれるだろうか。ほんの少しでも、付き合い始めた頃のことを思い出してくれるだろうか——。

百々子は透の喜ぶ顔を思い浮かべながら、当日を心待ちにしていた。

百々子が「急な出張が入った」と透から聞かされたのは、出張当日、誕生日の二日前の朝だった。

「急でごめんな。昨日帰りが遅くなって言えなくて。明後日には帰ってくるから」

透が言えなかったのは、百々子が先に寝ていたからだった。最近、透の仕事がまた少し忙しくなっていて、昨夜の帰宅もタクシーだった。

出張と聞いて百々子は一瞬不安になったが、明後日には帰ってくるとわかって胸を撫で下ろした。明後日ならば、誕生日に透は帰って来ることになる。

「ここに帰って来るのは何時頃になりそう？」

「直帰できると思うから、夜の七時とか八時とかかな」

「ふーん。必ず帰って来てよ。その日は私と一緒にいてね」

目を輝かせる百々子に、透は怪訝そうに答える。

「ああ、大丈夫だよ。そこまで立て込んでるわけじゃないから。でも、急に改まってどうしたんだよ？」

やはり透は自分の誕生日、そして記念日を忘れているようだ。

「いいから、もう行かないと遅刻するよ。気をつけてね。いってらっしゃい」

百々子が話をそらすように笑顔で送り出すと、透は表情を緩めた。

「ああ、行ってくる。戸締りしっかりな」

ぽんぽんと百々子の頭を優しく叩いて出て行った。

翌日の二十二日、百々子はいつになく生き生きしていた。

普段なら憂鬱《ゆううつ》な帰り道も心なしか足取りが軽い。

二十三日は祝日で、例年なら百々子はどこかのイベント現場を走り回っているところだ。しかし今年は早めに有休を申請し、すでに休みを確保していた。

それに今日、ようやく母の退院の目処《めど》もついた。

順風満帆とまではいかないが、最悪の時期は脱しつつあると百々子は思った。いろんなことがうまく回り始めている気がした。

そんな嬉しさを隠し切れず、百々子が笑みをこぼしながら歩いていると、マンションのエントランスの前に人影を見つけた。

見知らぬ女性がこちらを射貫くように見ている。ただ事じゃない雰囲気に、それまで軽快だった百々子の足取りは、遠慮がちに動きを止めた。

女性は固まっている百々子のもとへ、視線をそらすことなく、つかつかと歩み寄ってきた。

「こんばんは」

「あなたは……」

やっとの思いで百々子が声を絞り出すと、女性ははっきりとした口調で言った。

「城田綾です。初めまして。ずっと百々子さんにお会いしたいと思っていました」

百々子の瞳が大きく揺れた。この人が城田綾さん――。

まさか綾が訪ねてくるとは、予想もしてなかったことだった。

百々子は心の中で、〝私はあなたに会いたくなかった〟と叫ぶ。

そんな百々子の心中など知る由もなく、綾は続ける。

「少しお話ししたいのですが、お時間をいただけないでしょうか？」

「話……？」

「はい。宮瀬くんのことです」

自分にとっていい話でないことはわかり切っている。どんな話を切り出されるか、百々子は考えただけでもぞっとした。

でも、ここで逃げて、何度もつきまとわれるのも嫌だった。

弱々しくうなずくと、綾は話しながら歩き出す。

「あざみ野駅の近くの喫茶店で話しましょう。すぐに済ませますので」

綾に主導権を握られたまま、百々子は後をついていった。

テーブルにオーダーした飲み物が運ばれてきた頃には、百々子はだいぶ落ち着きを取り戻していた。というより、この状況を冷静に受け入れようと、必死だったというほうが正しいかもしれない。

綾は〝すぐに済ませる〟と言っておきながら、口を閉ざしたまま、一向に話し出す気配がない。

その間、百々子は綾の様子を盗み見する。

目の下のクマや肌荒れがひどく、見るからにやつれていた。服装は露出の少なめなモノトーン系でコーディネートしていて、せっかくの綾の華やかな顔立ちを沈ませているように思える。服などで肌を完全には隠そうとしてないところを見ると、顔や首元など、目立つ場所への暴力はされていないらしい。それだけに逆に百々子は、相手の男の悪質さを感じた。

綾がマグカップを手に持つと、袖の隙間から白い手首が見えた。今にも折れてしまいそうなほど華奢《きゃしゃ》な手首で、その素肌には、ただれたような傷跡がいくつもあった。

いくらよく思っていない相手とはいえ、同じ女性としてどれほどひどい仕打ちに遭っていたのかと思うと、百々子は胸が痛くなった。

綾は百々子の視線を察したのか、マグカップを机に置くと、慌てて袖を引っ張り、敵視するような視線を向けてきた。

「私のことはご存知なんですね」

「はい。透から聞いています」

「ご存知のうえで、宮瀬くんを私に貸してくださったんですね」

強張った声色で発された言葉に、百々子は顔をしかめる。

「〝貸した〟だなんて言い方はやめてください。それに、別にあなたに貸したわけではありません。透の気持ちを尊重しただけです」

「ずいぶん余裕なんですね」

「透を信じていますから」

「信じてる……ね」

そのとき、グラスの割れる音が店内に大きく鳴り響いた。

思わずそちらを見ると、どうやら店員が食器を運んでいる最中に手を滑らせたらしい。店内は一瞬ざわついたが、すぐに落ち着きを取り戻した。

しかし、百々子が目の前に視線を戻すと、綾が顔を真っ青にして小刻みに震えていた。

「……大丈夫ですか？　具合が悪そうですが……」

戸惑いながら声をかけると、綾は自身の腕をきつく抱きしめ、答える。

「大丈夫です。ちょっとびっくりしちゃって……ごめんなさい」

綾はひどく怯《おび》えていた。強気な態度は一転し、弱々しくなっている。

突然の変化に百々子は戸惑いを隠せなかった。ついさっきまであんなに攻撃的だったのに、いったいどちらが本来の綾の姿なのか、判断がつかなかった。

ただ、相手の出方によっては叩きのめすくらいの気持ちでいた百々子は、躍起《やっき》になって戦おうとした自分を恥じた。暴力を振るわれ、苦しい立場にいる綾を責めるのはフェアじゃない。

震えが収まった綾は、再び百々子を真っすぐ見据えて、懇願するように言った。

「宮瀬くんを、私に譲っていただけないでしょうか」

綾の言葉に百々子は耳を疑った。しかし綾は百々子の反応を待たずに続ける。

「私にはもう宮瀬くんしか頼れる人がいないんです。お願いします。どうか私に宮瀬くんを譲ってください」

高圧的に言われれば、反射的に言い返すところだが、弱々しいほどの声で訴えられ、逆に百々子は気圧《けお》されていた。

「お願い……」

綾のつらさや気持ちも想像がつくし、気の毒にも思える。

でも、〝はい、どうぞ〟といえるような話ではなかった。

「城田さんの要求に応えることはできません。私から透を手放すことは絶対にないです。そして、それは透も同じはずです」

百々子が強い眼差しで見つめ返すと、今にも泣きそうだった綾の表情が一変して攻撃的な顔に戻る。

「よっぽどの自信がおありなんですね」

「透のことは誰よりも理解しているつもりです」

「本当ですか？」

綾は片眉を上げ、見下すような笑みを浮かべた。

「何が言いたいんです？」

その表情と口調が気にかかり、百々子はたずねる。すると、ますます綾は笑みを深めた。

「宮瀬くんのことを誰よりも理解しているとおっしゃいましたけど、私にはそう思えません。彼がＳＥからプログラマーへの転身を考えていることはご存知ですか？」

「えっ……？」

百々子が考える間も与えず、綾は畳みかけるように言葉を続けた。

「宮瀬くんは現場のプログラミングから上流工程まで、なんでもこなせるＳＥです。

プログラミングの技術に限らず、マネジメント力も優れているため、会社からの評価が高くて、必然的に上流工程の仕事が中心になっていたんです。でも、彼自身はプログラマーとしてのスキルアップをずっと望んでいたんです」

どうして綾の口から、透の内面について話を聞かされないといけないのか。百々子は混乱していた。だが綾は止まらない。

「チーム内のサポート役として、自分でプログラミングを手がけることもあったようですが、あくまでそれはヘルプであって、メインとしてではありません。現在のポジションを捨ててまでプログラマーの道に進もうとしている、彼の悩みや葛藤、将来設計などについて、〝誰よりも宮瀬くんを理解しているあなた〟なら、当然ご存知なんですよね？」

百々子のまるで知らない話だった。

今まで透の仕事について、百々子からたずねたことはなかった。そうやって聞くことが、透の負担になると思ってきたからだ。

けれども、すべて自分で抱え込もうとする透が、聞かれもしない悩みや葛藤を百々子に吐露するわけがなかった。

綾の皮肉めいた指摘に、百々子は返す言葉がなかった。

綾は嘲笑《あざわら》うかのように口角を上げた。

「てっきり宮瀬くんは百々子さんに、打ち明けているものとばかり思っていました。でも、その様子だと、ご存知なかったみたいですね？」

百々子は味わったことのない屈辱に、喉の奥から胃がせり上がってきそうだった。

「転職なんていう大事なことを百々子さんに伝えていないなんて、果たして本当に恋人と呼べるんですか？　宮瀬くんは優しい人です。私からすると、宮瀬くんは惰性であなたと付き合っているようにしか思えません」

「惰性……？」

「ええ。ですから、早く宮瀬くんを解放してあげてください」

百々子はめまいに襲われた。世界がぐにゃりと歪む。全身から血の気が引いて、身体が冷たくなるのがわかった。

「お時間をとらせて申し訳ありませんでした。私が言いたいことはそれだけです」

そう言うと、綾はテーブルに千円札を置き、立ち上がった。百々子は綾の方を向くこともできなかった。

「お釣りは結構です。失礼します」

その声に百々子はハッとした。

勝ち誇っているかのように思えた綾の声は、意外にも苦みを帯びて聞こえた。こんなに百々子を傷つけておきながら、綾自身もまた傷ついているような、そんな声だった。

遠ざかっていく足音を聞きながら、百々子は屈辱と悲しみで叫び出しそうだった。暗闇に閉じ込められたような孤独感が押し寄せてくる。

今まで、いつだって、どんなときだって透との未来を夢描いてきた。しかし、透の未来に百々子はいない気がした。

まるで魂を吸い取られたかのように、しばらくの間、百々子は冷めたコーヒーを呆然と眺めていた。

よく眠れないまま、百々子は翌朝を——透の誕生日を迎えた。

ショックは引きずっていたが、それでも自分を奮い立たせて、朝から誕生日パーティーの準備に取りかかる。

キッチンでローストチキン用の鶏肉に下味をつけながら、百々子は昨日の一件を思い出していた。

綾と別れてからどうやって部屋に戻ったかさえ、百々子は記憶が定かでなかった。

にもかかわらず、綾に告げられた言葉だけは一言一句覚えていた。

『宮瀬くんは惰性であなたと付き合っているようにしか思えません』

そのショッキングな台詞を頭から追い出そうと、百々子は大きく頭を振った。大切な日に考えるべきことではなかった。

夕飯のメニューは、予定どおり透の大好物ばかりにした。

テーブルには、ローストチキン、麻婆豆腐、海老ピラフ、ポテトサラダを並べ、その中央には大きなショートケーキを置く。少し、いや、だいぶ張り切りすぎたかもしれないと、百々子は一人苦笑いした。

しかし、透の言っていた夜の八時を過ぎても、今日の主役である本人が帰って来ない。スマホもチェックしてみるが、連絡は入っていない。百々子の口から何度もため息が漏れた。

百々子はテレビをつける気分にもなれず、リビングのソファにぼんやりと座っていた。静かな部屋に、時計の秒針の音だけがやけに大きく響いて聞こえる。

もしかして何か事件に巻き込まれたのだろうか。それとも、仕事で大きなトラブルが起きたとか……。百々子の頭は不吉な妄想で埋め尽くされそうだった。

居ても立ってもいられなくて再度スマホを開いたとき、玄関で物音がした。

百々子が駆けつけると、透が息を切らして立っていた。

「おかえり！　遅かったね。今日は透の好きな――」

「ごめん、百々」

「えっ？」

百々子から一瞬で笑顔が消える。透の苦々しげな表情に、自分の心臓が真っ二つに割れるような音が、百々子の耳の奥に響いた。

「今さっき城田から連絡がきて……あいつ、錯乱してて、何をしでかすかわからないんだ。下手したら――」

「嫌！」

百々子は透にすがるように叫んだ。

「嫌だ。行かないで！　今日は私と一緒にいてくれるって約束したじゃない。お願い、そばにいて！」

「ごめん、すぐ戻る。絶対に帰って来るから」

透はそう言い残すと、玄関に上がることもなく、そのまま家を出て行った。

百々子は無我夢中で玄関の外へ飛び出し、「待って！」と叫んだが、透が振り向くことはなかった。

百々子は玄関に入ると、そのままドアに背中を預け、目を閉じる。

なんで？　どうして行っちゃうの？　行かないでって言っているのに。一緒にいてくれるって約束したのに――。

そのとき、必死につなぎとめてきた一本の糸がぷつんと切れたような気がした。

百々子はそのまま、行く当てもなくマンションを出た。

静かに、ただ静かに歩みを進める。今にも雪が降り出しそうな寒さの中、上着も羽織らずに歩いているというのに、何も感じなかった。

たどり着いた場所はあの小さな公園だった。

思い返せば、この前訪れたときも、涙を堪えていたなと百々子は思う。

でも結局あの日、涙は出なかった。いつから自分は素直に泣くことができなくなってしまったのだろう。

百々子は冷えたベンチに一人、腰を下ろす。街灯に照らされて地面に映る細長い自身の影を、抜け殻のようにぼんやりと見つめていた。

透を想い続けること、信じること、そんな何もかもに、百々子は疲弊していた。

不意に今まで透からもらったたくさんの言葉たちが、なつかしい記憶とともに色鮮やかによみがえる。

『大丈夫。お前ならやれる。思い切り走れよ』

『泣きたくなったら泣けよ。我慢するな』

『お前に泣ける場所がないのなら……せめて、俺がお前の泣ける場所になりたいって思ってる』

透がくれたそんな言葉たちが支えてくれたから、百々子はどんなことがあっても乗り越えてこられた。

しかし、透は綾のもとへ行ってしまった。

ここ何年か、透とのすれ違いの日々が続いていたけれど、もう無理だと思った。

自分の居場所が失われたような喪失感に嗚咽が漏れ、やがて百々子の目から涙がとめどなく溢れ出す。

本当はずっと泣きたかったのだ。透の胸で、あの頃のように抱きしめられながら、思い切り……。

でも、もう百々子のそばに透はいない。

まるで身体の中に隠れていた大きなかたまりが潰れたかのように、百々子は泣き続けた。

——ねぇ、透……。私、どこで泣いたらいい？　どこに向かえばいい？

百々子は新石川橋《しんいしかわばし》の景色をまぶたに焼きつけるようにして、たどって来た道を引き返した。ここを歩くのは、もうこれが最後かもしれないと思いながら。

マンションに戻ると、エントランスに透の姿があった。帰って来ると言っていたので、百々子は、驚きはしなかった。

透が駆け寄ってきて、二人の視線が絡み合う。家にいない百々子をずっと探し回っていたのだろうか。透は息を切らし、顔は悲痛な色を帯びていた。

「部屋で話そう」

透からかけられた言葉に、百々子は無言のまま、泣き腫らした目で笑った。

部屋に戻ると、二人はリビングのテーブルを挟んで、向かい合って座った。テーブルを埋め尽くすように並べられた豪華な料理は、今の状況に不似合いだった。

「ごめん、百々……俺」

絞り出すように透が口を開くと、百々子は真っすぐ見つめて遮った。

「透、別れよう」

透の瞳が大きく揺れた。

「透と一緒にいるのが、つらい……」

声が震える。堪えようとしても、溢れ出る涙を止められない。

別れを告げたこの瞬間に、透の前で泣けるなんて、なんて皮肉なのだろうと百々子は思う。

本当はこんなはずじゃなかった。透の誕生日を、付き合って九年目という大切な記念日を、二人でお祝いするはずだった。

別れを選んだ自分をいつか後悔する日が来るかもしれない。透がいない明日なんて考えたくない。

それでも百々子は自らの意思で手放すことを決めた。

もう、限界だった。この苦しみから逃げ出して、楽になりたかった。

別れを告げた百々子に、透は何も言わなかった。それが透の答えなのだと、百々子は受け入れた。また涙が一つこぼれ落ちた。


クリスマスの日。百々子はたくさんの幸せな日々を思い浮かべ、それらを噛みしめるように、いつもと変わりない朝を過ごした。

二人で朝食を食べ終え、百々子はバッグを握りしめると、玄関に向かった。

昨日のうちに荷物は段ボールにまとめ、保土ケ谷の実家に送る手配を済ませた。

お揃いのマグカップや旅行先で買ったお土産など、二人の思い出の品々は、このマンションに置いていくことにしていた。

見てしまうと、透との記憶にすがりつきたくなってしまいそうだったからだ。

「……駅まで送るよ」

別れ際、玄関で透がつらそうに言った。

「ありがとう。でも、大丈夫。一人で歩きたいから」

百々子は切なげに微笑みながら、真っすぐ透を見つめた。きっと、こうして二人で向かい合うのもこれが最後だろう。

少し低い甘い声で〝百々〟と名前を呼ばれることも、悪戯っぽい笑顔を見ることも、包み込むようにそっと優しく抱きしめられることも、もう二度とない。

「今までありがとう。透に出会えてよかった」

透の言葉にたくさんの支えと勇気をもらってきた。だから、最後くらい自分から言葉を贈りたかった。

「大丈夫だよ。透ならこの先、何があっても大丈夫だと思う」

透は百々子の言葉を噛みしめるように、黙ったまま、じっとこちらを見つめている。

「身体に気をつけて。透は頑張りすぎちゃう人だから、たまには息抜きしてね」

ごめんね。あなたが背負っているものを一緒に背負えなくて――。

百々子は「じゃあね」と言うと、ドアノブに手をかけた。そして、透に背中を向けたまま、最後の言葉を口にした。

「透の幸せを心から願ってる。さようなら」

百々子はドアを開けて家を出た。

後ろで玄関の閉まる音が聞こえると、「大好きだったよ」と小さく呟いた。

マンションを出ると、外は素晴らしい冬晴れだった。深呼吸をすると、冬の朝の澄み切った空気が、肺一杯に入ってくる。

今の百々子には、それが心地よく感じられた。

そんな空の下を百々子は、立ち止まりも、振り向きもせず、ただひたすら前に前に歩き続けた。


それから二日後の仕事納めの日の夜、百々子は横浜駅西口から徒歩数分の場所にある居酒屋で、高校時代の懐かしいメンバーと待ち合わせていた。

「百々子、その髪……！」

百々子が店に入ると、菜穂がぽかんと口を開けて目を丸くする。涼と真人も唖然とした様子で固まっている。

「思い切って切っちゃった。どうかな、似合う？」

そんな三人に、百々子はショートカットの襟足を片手で触れながら笑顔で返す。

透が気に入っていると言ってくれた長い髪を、百々子はばっさりと切った。それは前に進もうという決意の表れだった。

百々子は席に着くと、透と別れたことを三人に話した。

「と、いうわけで、こんな年の瀬に呼び出してごめんね。みんなには自分から報告したかったから。ずっと見守ってくれたのに、こんな形で終わってごめんね」

「そんな……。どうして一人で抱え込んでたの？　せめて相談してくれたらよかったのに……寂しいよ」

菜穂の瞳には、うっすらと涙が滲んでいた。

百々子は苦笑しながら「ごめんね」と言う。すると菜穂は軽く目を見開き、首を左右に振った。

「……ううん、私こそごめん。つらい思いをしてきたのは百々子なのに、責めるような言い方をして。それに百々子がそういう性格だってことも知っていたのに、気づいてあげられなくて……。でも、ミヤと百々子が別れたなんて、やっぱり信じられないよ」

菜穂は二人のことを一番近くで見守ってきた。

二人が結ばれたときも、誰よりも喜んで祝福してくれたことを、百々子は覚えている。それだけに、この反応も無理はない。

「あのさ、俺、ついこの前、透に会ったんだ」

ずっと黙り込んでいた涼が、悲しそうに呟いた。その場にいる全員の視線が涼に集まる。

「二週間くらい前かな。仕事帰りに駅でばったり透と会ったんだ。それで軽く飲んだんだけど、なんていうかアイツ……痛々しくて見ていられなかった」

涼はビールのグラスのふちをそっとなぞる。

「〝最近、母親に捨てられたときの夢をよく見るんだ〟って打ち明けられてさ。今までそんなことなかったらしくて憔悴し切ってた。俺なんて言ってあげたらいいのかわからなくてさ」

「二週間前ってことは別れる前の話だよね。百々子、それ知ってた？」

菜穂にたずねられ、百々子は唇を引き結び、首を横に振った。

〝最近見る〟ということは、綾のことがきっかけになった可能性が高いと、百々子は思った。恋人に暴力を振るわれる綾の姿に、家庭内暴力を受けていた母親の姿がフラッシュバックするようになっていたということだろう。

透が知らないところで、一人で悩み苦しんでいたのかと思うと、今さらながら胸の奥が痛んだ。

菜穂が頬杖をついてため息をつく。

「ミヤってさぁ、隙がないし、一見気丈に見えるけど、繊細で何かの拍子に崩れてしまってもおかしくないような危うさみたいのがあったよね。儚い感じっていうか。昔から放っておけないみたいなところ」

涼が「そうだな。優しいヤツほど脆いから……」と相槌を打って、話を引き取る。

「アイツ、母親を守れなかった自分が今でも許せないんだと思う。城田っていう女性を放っておけなかったのも、それが関係しているんじゃないかな。きっと俺らには推し量ることのできない母親への未練っていうか……心残りがあったのかもしれない」

涼に賛同するように、真人もうなずいた。

菜穂と涼の言葉に、百々子の涙腺が刺激される。鼻をすって、呟くように言った。

「そうだね……。私、透のことを誰よりもわかっていたつもりでいたけど、何もわかっていなかった。九年も一緒にいたのに……」

百々子の言葉に、三人はよりいっそう悲しげな表情をした。

「透が仕事のことで悩んでいることも、いまだにお母さんへの罪悪感を引きずっていることも、何一つ気づいてあげられていなかった。すれ違いが続いてく中で、いつの間にか、私も透も、自分の弱音を吐き出せなくなってた。お互いに想いを伝い合えない関係なんて、恋人って言えないよね……」

百々子と透は、最後の最後まで本音をぶつけ合えなかった。

そして百々子は、自分が透の弱さを吐き出せる場所にも、拠り所にもなれていなかったことに気がつく。

学生の頃や駆け出しの社会人だった頃は、もっと真摯に相手に向き合い、確かな絆で気持ちを分かち合うことができていたはずだった。

しかし、いつしかお互いに仕事が忙しくなり、相手を思いやる時間や心の余裕もなくなっていた。

「百々子……」

菜穂が百々子の背中を優しく擦る。その手が温かくて、百々子の目から堪え切れずに涙が溢れ出す。

何度拭っても、後から後からこぼれ落ちてきて、涸《か》れ果てるまで止められなかった。

最終章　二人のたどりつく場所

その週の土曜日は、久しぶりの休日だった。百々子は桜木町の駅前にある高級ホテルを訪れていた。

しばらくぶりに菜穂と食事をすることになり、話題のランチビュッフェを予約していた。そこは国産の黒毛和牛のステーキをはじめ、アワビやフォアグラなどの高級食材をふんだんに使用した料理を食べ放題形式で堪能でき、しかもかなりのリーズナブルな価格なので、人気の店となっている。

菜穂から『待ち合わせの時間に少し遅れる』とメッセージを受け取っていたので、百々子は先に最上階のスカイラウンジまで上がることにした。

エレベーターを降りると、優雅で落ち着いた空間が広がっている。

百々子はビュッフェテーブルを埋め尽くす豪華な料理や、シェフが目の前で料理してくれるライブキッチンに感激しながら、迎え入れてくれた店員の後ろをついていった。案内された場所は窓側の眺めの良い席だった。

百々子は上品なキャメルコートを脱いで椅子に座ると、窓から見える景色に思わず見惚れた。

　雲一つない晴天の下、みなとみらいの街並みはキラキラと太陽の光を受けるように眩《まぶ》しく輝いている。色あせないその景色は百々子を懐かしい気持ちにさせた。

　透との別れから早くも二年が経ち、百々子は二十九歳になっていた。

　仕事は相変わらず忙しく、会社と家を往復する毎日が続いていた。あと三カ月もすれば三十歳になる。二十代はあっという間に過ぎると聞いていたが、この調子だと三十代もあっという間なんだろうなぁと思うと、百々子はほんの少し切なくなった。

「ごめん、百々子！　遅れちゃった」

　顔を向けると、菜穂がこぼれんばかりの笑顔で立っていた。

「ううん。私もさっき来たところ。久しぶりだね」

「ほんと久しぶり！　去年の春以来だよね？」

「うん。お互い仕事が忙しかったからね。会えて嬉しいよ」

「私も！」

　元気いっぱいの菜穂の姿に、百々子は顔をほころばす。

　菜穂はコートを脱ぐとニットの袖を捲り、「今日は倒れるまで食べるよ！」と張り切った様子で百々子に声をかけた。

各々好きな食べ物を皿に盛れるだけ盛って、テーブルに戻る。「美味しいね！」と微笑み合いながら、しばらくの間、ビュッフェを堪能した。

二人ともお腹がいっぱいになったところで、「別腹だよね」と言いながら、今度は食後のデザートのケーキを皿に取り、紅茶を手にして席に戻る。すると、菜穂が急に真面目な顔つきになり、「大事な話があるの」と切り出した。

「じつはね……この前、彼からプロポーズされて、秋に結婚することになったんだ」

「ウソ、結婚⁉　菜穂、おめでとう！」

「ありがとう、百々子」

菜穂の相手はかねてから付き合っていた男性で、百々子も以前に一度紹介されたことがある。誠実そうな人柄の男性で、菜穂を見つめる瞳が優しかったのを、百々子は覚えていた。

涙ぐむ菜穂につられて、百々子も瞳を潤ませる。大切な親友の幸せは、これ以上ない喜びだった。

おめでたい話に加えて、久しぶりの再会ということもあり、話は尽きなかった。まるで高校生時代に戻ったかのように、とめどなく話をしては、二人はしきりに笑っていた。

「百々子の短い髪もすっかり板についてきたね。ロング時代が懐かしい」

「そう？　ありがとう。短いと何かと楽ちんだよ。でも、ある程度伸びてきちゃうと、逆にアレンジに困っちゃって、切りたくなっちゃうんだ。ボブなのに美容室に行く回数は増えてさ」

唇をとがらせる百々子に、菜穂は二杯目の紅茶を口に運びながら微笑んだ。

「それで、百々子は最近どう？」

「私？　私は何も変わらないよ。相変わらず仕事は忙しいけど、やりがいはあるし、楽しくやってる」

「……恋愛は？　もうしないの？」

ためらいがちに投げかけられた言葉に、百々子は優しく微笑み、首を傾げる。

「どうだろう……。わからないな。今は誰かと付き合うとか想像できないの。寂しいけど、誰かを好きになる気力がないんだよね。正直、透との恋が私の最初で最後の恋だったかもしれない、って思うときがあるんだ」

そう言うと、菜穂はカップの紅茶を見つめて「そっか……」と呟いた後、意を決したように顔を上げた。

「あのね、百々子。私、百々子に言ってないことがあるの」

「言ってないこと？」

「うん。じつは私、半年前にミヤに会ったの」

「えっ？」

久しぶりに耳にしたその名前に、百々子の心臓が波打つ。

「中学の同窓会があって、そこにミヤもいて、少し話したの。ミヤ、今も一人だって。百々子と別れてから誰とも付き合ってないみたい。もう城田さんとも連絡取ってないって」

なんて答えていいのかわからず、百々子は唇を結んだ。

「それとね……アイツ、まだ百々子と写った写真を大事そうに持ってたよ。それで私、思わず二年前の百々子のお母さんの病気の話をしちゃったんだ。知らなかったって言って、すごくショック受けてたよ……」

透の傷ついた表情が頭に浮かんで、百々子は胸を強く締めつけられた。

「そうなんだ……。教えてくれてありがとうね」

「まっ、私は何があっても百々子の味方だからね。今度は何かあったら相談してよ」

菜穂はわざと明るく言うと、笑顔でケーキを頬張り、沈みかけた空気を追い払った。

みなとみらい駅で菜穂と別れると、百々子は桜木町駅へ向かって歩いた。

その途中、スカイラウンジで菜穂に告げられた言葉が、何度も耳の奥で繰り返される。

『すごくショック受けてたよ』

百々子は別れて以来、透とは一度も会っていなかった。決して広くはない横浜の街で、いつか出くわしてしまうこともあるかもしれないと思っていたが、今日まで透の姿を見かけることはなかった。

駅前広場を歩いていると、「百々子さん！」と突然女性の声に呼び止められた。

百々子は振り向いて、目を丸くした。

「城田、さん……」

そこには、今にも泣き出しそうな表情で百々子を見つめる綾がいた。

百々子の胸に、あの日の『宮瀬くんを譲ってほしい』と懇願する綾の表情と、挑むような表情が交互に浮かぶ。

呆然と彼女の顔を見つめていると、綾に「少し話がしたい」と言われて、百々子は綾と近くのコーヒーチェーン店に入った。

店内は休日の午後ということもあって混雑していた。コーヒーの甘くて苦い匂いが、鼻孔をくすぐった。

「ごめんなさい」

向かい合い席に着いてすぐ、綾は百々子に深々と頭を下げた。

「二年前、私はひどいことを言ってあなたを傷つけてしまいました。謝っても許されないことをしたと思っています。でも、本当に、本当にごめんなさい」

綾は頭を下げたままでいる。綾の言葉がうわべだけのものでないことが、百々子にひしひしと伝わってくる。二年前に見た傲慢な姿がまるでウソのようだった。

この二年の間に、綾は本来の姿を取り戻したのだと、百々子は思った。

あのとき、折れそうだった身体には程よく肉がついて、健康的になったことが見て取れた。

もちろん外見だけではない。声や表情、振る舞いなどすべてが、彼女の〝自立〟を物語っていた。

「城田さん、頭を上げてください」

優しく諭すように百々子が言うと、恐る恐る顔を上げた。スカートの裾を握りしめる手が細かく震えている。

きっと声をかけるのに、相当な勇気が必要だったに違いない。素通りすることもできたのだ。百々子は綾に感謝した。

この二年の間に、百々子のほうも、綾のことをきちんと過去の一部にできていた。

「お久しぶりですね。お身体は大丈夫ですか？」

百々子が柔らかく微笑みかけると、綾は恥じ入るように涙を滲ませ、「はい」と答えた。

そして静かに語り出した。

「当時の私は宮瀬くんに依存することで、自分を満たしていたんです。言い訳になりますが、毎日のように彼氏に怒鳴られ、殴られて、おかしくなっていました。相手のもとから逃げても、独りでいると恐怖心に襲われてどうしようもなかったんです。いっそ、この世から消えてなくなりたいと本気で思っていました。そのたびに宮瀬くんを呼び出して、泣き叫んで……本当に最低でした」

百々子も覚えている。

綾に待ち伏せされ、喫茶店で対峙《たいじ》したときも、それまで攻撃だったのが、急に怯えたりするなど、精神的に不安定なのは明らかだった。

「宮瀬くんの事情は、励ましてもらったときに聞きました。彼の母親も彼自身も、父親から暴力をふるわれていたことを。彼はそんな母親と私を重ね合わせて、罪の意識から力を貸してくれていることに気づきながら甘えていました……。私は彼の弱さに付け込んでいたんです」

綾はつらそうに笑いながら、ハンカチで涙を拭う。

「私、百々子さんのことがうらやましかったんです。私も百々子さんのように愛されたいって……。私、あのとき言いましたよね。宮瀬くんは惰性で百々子さんと付き合ってるって。ごめんなさい。全部ウソです」

「え？」

百々子が目を見開いたのを見て、綾はあの日とは違う、優しい笑顔を作る。

「彼が当時転職を考えていた一番の理由は、百々子さんとの時間を作ろうと思ってのことです」

百々子は打ち明けられたその事実に、大きく鼓動が鳴るのを感じた。

「宮瀬くん、後悔してました。本当に守るべき人をないがしろにして、傷つけたことを。私が言える立場ではありませんが、宮瀬くんは本当に百々子さんのことを――」

「城田さん……」

百々子が口を開くと、綾は話を止めた。

告げられた真実に心を揺さぶられながらも、百々子は別れた原因は別のところにあると、どこかで冷静に思っていた。

二年経った今でも、百々子はふと考えることがある。もし、あのとき別れではなく、透と向き合う選択をしていたら。もし、あのとき自分の想いを伝えていたら。もし、あのとき透の想いを受け止めることができていたら。〝もし、あのとき〟と……。

だが、どんなに振り返っても、どんなに後悔しても、二度と〝あのとき〟が戻ってこないことを百々子は知っている。

「私たちは終わったんです。もう過去のことなんです」

百々子は自分に言い聞かせるように言った。

翌週末、一月末で退職する由希の送別会が開かれた。百々子の所属する第一本部のメンバー二十人弱が行きつけの居酒屋に集まり、由希を取り囲んで彼女の思い出話に花を咲かせた。由希は照れながらも、嬉しそうに同僚たちに対応している。

二年前は婚活にいそしんでいた由希だったが、ふと自分の将来について思いを馳《は》せたとき、やり残していることがあるのではないかと考えるようになったらしい。そのとき、学生時代に憧れていた海外生活が頭を過《よぎ》り、日ごとにその想いが膨らんでいったそうだ。

そしてついにこの春から、ワーキングホリデーに挑戦することを決意したのだ。

「えー皆様、本日はお忙しい中お集まりいただき、誠にありがとうございました」

送別会も終盤に突入し、由希は同僚たちに促され立ち上がると、締めの挨拶を始めた。

百々子はまるで巣立っていく雛《ひな》を見る親鳥のような心境で、由希の挨拶に聞き入っていた。目に涙を浮かべながらも、堂々と最後の挨拶をする由希の姿は、今まで見てきた中で一番輝いて見えた。

まもなく送別会はお開きとなり、それぞれ帰途につく。

化粧室に寄っていた百々子が最後に店を出ると、店の前で由希が一人立っていた。

「あれ、由希ちゃん、まだ残ってたの？」

「はい。先輩と二人で話がしたくて」

愛嬌いっぱいの笑顔に、心が癒される。

由希は深々と頭を下げた。

「今まで本当にお世話になりました。どんなときも先輩が支えてくれたから、今まで続けてこられました。先輩と一緒に働くことができて幸せでした」

「私もだよ。由希ちゃんと働けて本当に楽しかった。ありがとう」

由希は寂しそうに涙を滲ませた。

「先輩には、仕事の愚痴をたくさん聞いてもらいましたね。正直、辞めたいなって思ったこともたくさんありました。でも、今はこの仕事が大好きです。イベントプランナーという仕事に誇りを持っています」

「うん。ちゃんと伝わってたよ。仕事してるときの由希ちゃん、すごく生き生きしてたから。本当に成長したね」

百々子が由希の肩に手を置くと、由希の潤んだ瞳が切なげに揺れる。それを見ていると、百々子まで目頭が熱くなるのを感じた。

「……送別会では、みなさんに堂々と挨拶しましたけど、本音を言うと怖いんです。このまま仕事を続けていれば安定した明日が約束されているのに、せっかく築き上げてきたものを手放すなんて……。この年で新たなことにチャレンジするなんて、無謀なだけなんじゃないかと思って、不安になるんです」

由希が漏らした本音は百々子の胸に、まるで自分のことのように響いた。

人は年齢を重ねるにつれ、可能性の追求より、リスクの回避を優先しがちだ。その気持ちはわかるから、百々子は由希の顔をのぞき込んで笑顔を作った。

「築き上げてきたものは、リセットされるわけじゃないよ。由希ちゃんの心の糧になって、これからも生き続けると思う。未知の世界に飛び込むのは不安でいっぱいだよね。だけど、それでも新しいことにチャレンジする由希ちゃんは素敵だよ。人生、一度きりだもん。後悔しないように突き進んでね」

「はい。ありがとうございます」

由希は人差し指で涙を拭うと、こぼれるような笑顔を見せた。

「先輩、幸せになってください。先輩は幸せにならないといけない人だから」

優しい言葉に「ありがとう……」と言うと、何かを思いついたかのようにパッと由希の表情が変わる。

「そうだ！　朝比奈主任とかどうですか？　まだフリーみたいですし、超優良物件だと思うんですけど」

つられて涙ぐみそうになった百々子だが、由希の切り替えの早さに思わず噴き出す。

「残念ながら、僕はとっくの昔にフラれているんだ。ね、月岡さん？」

背後から顔を出し、茶目っ気たっぷりな笑顔で爆弾を投下してきたのは陽一だった。

突然の陽一の登場に、百々子はきょとんとして固まる。

「ああ、ごめん。お店にスマホを忘れて、慌てて取りに戻ったんだ」

陽一が手にしていたスマホを掲げて見せる。二人とも話に夢中になっていて、まるで気づかなかったようだった。

由希はよほど陽一の一言に衝撃を受けたのだろう。ハッとした様子で我に返ると、百々子につかみかからんばかりの勢いで言った。

「ちょっと先輩、どういうことですか⁉　まったく聞いてないんですけど！」

「由希ちゃん、落ち着いて」

由希をなだめながら、百々子は目で陽一に助けを求めたが、陽一は悪戯っ子のように笑うばかりだった。


百々子が家に着いた頃には、とっくに日付が変わっていた。あれから三人で二次会を開くことになり、終電ギリギリまで野毛《のげ》の居酒屋で飲んでいたのだ。

といっても、飲みすぎると明日の仕事に支障をきたすので、酒にあまり強くない百々子はノンアルコール飲料だけしか口にしていない。おかげでタクシーから降りた後も、真っすぐ歩くことができた。

母親を起こさないように、静かにドアを開けて玄関に入る。ローヒールを脱ぎ、そっと中へ足を進める。

リビングは真っ暗だった。照明をつけると、ぱっと部屋が明るくなる。家の中は静まり返ったままだった。

百々子は床にバッグを置き、そのままソファに腰を下ろす。身体を背もたれに預けると、急に疲労感が押し寄せ、シャワーを浴びる気も、テレビをつける気も起きなくなった。あんなに楽しかったのに、なぜか百々子の胸に哀しみが押し寄せる。

目を閉じると、先ほどの由希の眩しい笑顔がよみがえってきた。とてもキラキラしていて、幸せそうだった。この間の菜穂だってそうだ。これ以上ないくらい幸せに満ち溢れていた。

百々子は自分の哀しみの理由を理解した。

二人が自分の道を前に進んでいく中、百々子だけがこの二年間、その場で足踏みを続けているだけだからだ。

仕事は楽しい。やりがいだってある。でも、心まで満たしてくれない。自分はいったい、どこに向かおうとしているのだろうか——。

「お帰り。遅かったわね」

寝ていると思っていた母親の声が背後から突然聞こえて、百々子はソファの上で小さく跳ねた。

「お母さん、寝てたんじゃ……」

「物音が聞こえたから、帰って来たんだろうと思って、下りてきちゃった。送別会、どうだった？」

「うん、楽しかったよ」

「そう。よかったわね」

そう言いながら、母親は百々子の隣に座る。

二年前にクモ膜下出血を発症し、退院して以来、百々子の母親は病気が再発することも、ほかの大きな病気を患うこともなく、元気な毎日を送っている。

そのことは百々子にとって救いの一つだった。

「大丈夫？　最近、元気ないわね」

「え？」

突然そう言われて、思わず間抜けな声をあげてしまう。

「一人でぼーっとすることが増えたもの。今だって何か考え事してたでしょ？」

「そんなこと……」

「あんたの母親、何年やってると思ってるの？　なめないでよね」

そう言って、母親がクスッと笑う。

百々子は驚いていた。そんな自覚はまるでなかった。

ただ、言われてみれば、思い当たる節がないでもなかった。おそらくあの日——菜穂と綾に会って、透のことを思い出すようになってからだろう。

言われてみればたしかに、上の空だったり、ため息をついたりすることが増えている気がした。

「ねぇ、百々子。私ね、お父さんに裏切られたとき、自分の生きる居場所を見失ってたの」

百々子は思わず隣の母親に顔を向けた。母親が父親の話題を持ち出したのは、離婚して以来、初めてのことだった。

「居場所……？」

「うん。なんのために生きているか、わからなくなってたの。今日一日を乗り越えるので精いっぱいで、自分のことも、周りのことも、何も見えていなかったのよね。百々子が私とお父さんの問題で悩んでいたことにすら気づかなくて……。母親失格よね」

「お母さん……」

母親は優しく笑って百々子の顔を見る。

「覚えてる？　百々子が高校生のとき、突然家を飛び出したことがあったでしょ。夜遅くになっても帰らないし、連絡もないから、心配になって警察に連絡するか悩んでたのよ。そうしたら透くんが連れて帰って来てくれて……」

百々子はうなずく。

あれはもう十一年も前のことだ。母親から離婚を告げられたあの日、百々子が家を飛び出して向かった先は、透の家だった。

胸に顔を埋めて泣きじゃくる百々子を、透は優しく包み込んでくれた。

百々子は少し落ち着きを取り戻した後も、精いっぱい頑張るからと言っていた母親を置いて家を飛び出してきた罪悪感から、家に帰るのをためらった。

そんな百々子に対して「気にするだけ無駄だから。きっと今頃、お前のこと探し回ってるよ。早く帰って安心させてやろう」と、諭してくれたのは透だった。

そして、「お前が不安なら俺も一緒に行くよ」と言って、家までついてきてくれた。

百々子がありのままの気持ちを母親に伝える間も、透は隣で震える手を包み込むように握っていてくれた。

「百々子のあんなに泣く姿、あのとき初めて見た。そのおかげで目が覚めたの。我慢させてきたんだなぁって。だから、これからは百々子のために頑張ろうって。あなたに幸せになってもらうことが、私の幸せなんだって気がついたの。私が今日までやってこられたのは、百々子という居場所があったからよ。感謝してるわ」

滔々《とうとう》と語る母親の言葉に何も言えず、百々子は呆然と彼女の顔を見つめる。

すると母親はにこりと笑った。悲壮感などない、優しい笑顔だった。

「だから、百々子も自分の気持ちから逃げてちゃダメよ。今日一日のために今日を生きるんじゃなくて、明日のために今日を生きないと。顔をしっかり上げて、あなたが幸せになりたいと思う場所に行きなさい。それがあなたの居場所よ」

母親は立ち上がると、「じゃあ、お母さんはそろそろ寝るね。おやすみ」と言って、寝室に戻っていった。

幸せになりたいと思う場所――。

母親の言うとおり、透と別れてからの二年間、日々の仕事に没頭するだけで、自分の幸せについて何も考えてこなかった気がした。あえて考えないようにしていたのかもしれない。百々子はそう思った。

しばらくの間、ソファから動くことができなかった。


週明けの月曜日、百々子は陽一とクライアント先へ向かっていた。今年初めに、新たに大型イベントの依頼が入ったのだ。

内容は三月の終わりに開催されるドローンの新商品発表会の企画で、今日で二回目の訪問になる。この日は開発責任者との初めての打ち合わせを控えていた。

ドローンとは、遠隔操作や自律制御可能な無人航空機だ。農業や空撮、または医療や災害そして配送など幅広い分野で、現在その活躍が期待されている。

「今回のイベントはメディアからの注目度も高いみたいだよ」

陽一が歩きながら説明してくれた。

「発展途上の分野だけに、ドローンがどう社会を変革していくのか、みんな知りたいからね。国内でドローンビジネスに取り組む民間企業も増えているし、技術革新のスピードも速い。今後需要が拡大していくことは間違いない分野だから、当然といえば、当然だよね」

陽一の説明に百々子も相槌を打つ。

イベントの依頼を受けたとき、ドローンでどのようなことができるのかよくわからなかったので、百々子もある程度は調べていた。

「空路を用いた配送が実現できるのも夢じゃないって、記事で読みました。渋滞を心配することなく、いつでもどこでも配達できるなんて素晴らしいですよね」

「そうだね。優秀なエンジニアが集められて開発されたって聞いたし、今日はその開発責任者に会えるから楽しみだよ」

「はい。私もです」

笑顔でうなずく。どんな人が開発したのか、百々子も少なからず興味はあった。

話しているうちに、クライアントのビルが見えてきた。

豊かな緑に囲まれたそのビルの前には、オープンスペースとして大きな広場が設けられていて、社員だけでなく、一般の歩行者の憩いの場にもなっている。

一階で受付を済ませ、エレベーターで目的階に上がる。オフィスの入口で出迎えてくれた女性社員が会議室に案内してくれた。

少し待っていると、ドアがノックされた。陽一と百々子が素早く立ち上がると、広報の担当者が「お待たせしました」と明るい声で中に入ってきた。

「本日は、ありがとうございます」と百々子たちが会釈していると、もう一人、すらりとした脚の長い男性が入ってきた。

開発責任者だろうと思って、顔を上げた百々子は、その場に凍りついた。

黒目がちの大きな瞳、すっと通った鼻筋、シャープな顎のライン、薄い唇……。見間違えようがなかった。あの頃と何も変わっていない。

目の前の男性は紛れもなく、透だった。

どうして——。

百々子が心の中でそう呟いた瞬間、〝人の役に立つモノを開発したい〟という十一年前の透の言葉を思い出す。

百々子が透から目をそらせずにいると、陽一に向けていた透の視線が百々子に向けられた。

お互いの視線が交わり、透の瞳孔が大きく開く。二人は見つめ合ったまま、まるで時が止まったように立ちすくんだ。

「……さん、月岡さん」

その声にハッとして顔を向けると、陽一が心配そうに百々子の様子をうかがっている。百々子は慌てて「失礼いたしました」と頭を下げる。

透の隣にいた広報部の担当者は首を傾げて不思議そうにしていたが、特に気に留める様子はなく、すぐに透の紹介を始めた。

その紹介によると、透は社員ではなく、フリーランスのエンジニアとして今回のプロジェクトに参加しているらしく、フリーランスとして独立していた。

名刺交換へと移り、陽一に続いて百々子も名刺を渡す。

「イベント企画を担当しております、エム・プランニングの月岡です。よろしくお願いします」

あくまでも初対面であるかのように自己紹介をする。

平静を装いながら挨拶したが、実際は目を合わすこともできず、顔は強張り、声は上ずっていた。

二年ぶりの透との会話に緊張を隠せない百々子をよそに、透はスイッチを入れ替えたのか、さらりと名刺を差し出した。

「開発責任者の宮瀬です。イベントのサポートをしていただけると聞いて大変光栄です。よろしくお願いします」

その懐かしい声音に心の疼きを感じながら、そっと両手で名刺を受け取る。

指が触れるか触れないかの距離に、胸が激しくざわめく。席に着いても、百々子はなかなか視線を上げられなかった。

「では、さっそく始めましょう。本日はイベントの具体案を考えていく前段階として、開発責任者の宮瀬からの話を聞いていただき、ドローンとは何か、また当社のドローン開発への考え方や取り組みについて、理解を深めていただくといった感じでよろしいでしょうか？　その後、今後のスケジュールを決めましょう」

担当者の進行により、打ち合わせが始まった。

透へのヒアリングは主に陽一が行った。〝主に〟というより、現実には百々子は相槌を打つのが精いっぱいで、言葉を発することができなかった。それはもちろん、相手が透だからだった。

それでも、いつの間にか伏せていた視線を上げ、透の話に深く聞き入っていた。

「空路のドローンはヘリと違って飛行中も音が小さく、瓦礫《がれき》や倒壊した建物から助けを求める被災者の声を拾うことができます。さらに、赤外線カメラを搭載すれば、孤立した被災者の数など、被災状況の確認も容易になります」

「なるほど。大きな可能性を秘めているわけですね」

「そうです。日本では法整備が追いついていないので、ドローンの活用も、開発も、まだまだこれからです。課題は山積みですが、使いようによっては人々の暮らしを一変させるかもしれません。たぶんあと数年もすれば、ドローンがどれくらい凄いものだったのか、多くの人が理解することになると思います」

そう話す透の目は輝いていた。ドローンに対するひたむきな情熱が、言葉の端々から百々子にも伝わってきた。

透はすでに新たなステージに立ち、前を向いて進んでいる。

透の幸せを願っていたはずなのに、百々子は一人置いていかれたような寂しさを感じ、複雑な気持ちだった。

打ち合わせは滞りなく進み、次回の予定を決めて、無事終了となった。

結局、百々子が透と言葉を交わしたのは、あの名刺交換のときだけだった。

エレベーターに乗り込むと、ホッとすると同時に、今後も何度か顔を合わすことになると思うと、いつまで平静を保っていられるか自信がなかった。

もう会うことはないと思っていた透との再会に、百々子の心は激しく揺れ動いていた。

エレベーターを降りて、出口に向かってロビーを歩いていると、突然陽一が立ち止まった。内ポケットからスマホを取り出すと、少し顔をしかめた。

「ごめん、得意先から電話みたい。うるさい相手だから出てくるね。月岡さん、広場のベンチにでも座ってゆっくりしてて」

込み入った話になりそうなのだろう。陽一は静かな場所へ移動するように、百々子から離れていった。

言われたとおり、ロビーを抜け、広場に出ようとしたときだった。

「百々」

背後から聞こえてきた優しい声に、百々子は思わず息をのむ。振り向かなくても、誰の声かはわかり切っていた。

百々子は逃げ出したい衝動に駆られながらも、ゆっくりと振り向いた。二人の視線が交差する。

二年前、無理やりかけた心の鍵を、簡単にこじ開けられてしまいそうで、途端に怖くなる。

「驚いたよ。まさかここで百々に会うとは思わなかった」

愛おしそうに名前を呼ばれて、一瞬にして時間が巻き戻りそうになる。必死に抑えてきた感情が溢れ出てしまわないように、百々子はまたきつく鍵をかける。

「髪、切ったんだな……」

「うん……」

ようやく出た声はカラカラに渇いていた。

「話したいことがあるんだ。少しだけ時間をもらえないかな」

強い光を宿した瞳が百々子を射抜く。うなずいてしまいそうな自分を叱咤し、百々子は首を左右に振った。

「……ごめんなさい。もうすぐ朝比奈さんが戻ってくるので……」

「少しでいいんだ。百々と話がしたい」

その瞳の強さに百々子は圧倒されそうになる。気持ちがぐらついて、とても自分が断り切れるとは思えなかった。

とうとう百々子は観念したかのように、首を縦に振った。

二人はロビーを出て、広場に移動した。透の後ろをついて歩いていくと、木影のテラス席を見つけた。透が椅子に座ったのを見て、百々子も正面の席に腰を下ろした。

お互い押し黙ったまま、時が流れる。百々子は顔を上げることもできなかった。

先に口を開いたのは透だった。

「……久しぶりだな。元気だった？」

百々子は伏せていた顔を少しだけ上げた。

「うん……。とお……宮瀬さんは？」

とっさに名前を言いかけて、百々子はすぐに言い直した。透の顔が一瞬悲しそうに歪んだ気がした。

「……うん。なんとかやってるよ」

透が視線を下げ、また二人の間に沈黙が訪れる。しかし、透は意を決したように、ふたたび百々子に真剣な眼差しを向けると、はっきりとした口調で言った。

「俺、会社を辞めて独立したんだ。会社員時代は与えられた仕事をこなすのに精いっぱいで、百々の気持ちに寄り添うどころか、気づいてあげることもできなかった。自分の過去に引きずられて、大事なことを見失ってたんだ。たくさん傷つけてごめん。百々がつらいときに、一緒にいてあげられなくてごめん」

透が必死に想いをぶつけてくる。百々子の胸に切ない痛みが走る。

「百々がいなくなって、自分の愚かさに気づいたんだ。取り返しのつかないことをしたって何度も後悔した。百々に謝って、すぐにでもやり直したかった。でも、このままの俺じゃ、また同じことを繰り返してしまう。だから変わろうと思った。変わりたいと思ったんだ」

百々子は透の言葉に動揺した。別れた後、透が後悔や、やり直したい気持ちを抱えて過ごしていたとは考えてもいなかった。

「もっと強くならなきゃって。そうじゃなきゃ、百々を大切になんてできない。だから、会社を辞めて、一人でやり抜くことを決意した。そして、もし今回のドローンの開発に成功したら、百々に会いに行こうって誓ったんだ。今さら、自分でも虫がよすぎると思う。だけど、俺は今でも百々のことが――」

「宮瀬さん！」

　百々子の声が透の言葉を遮る。

　離れていった自分のことを、透がずっと想い続けてくれていたことを知り、百々子は嬉しかった。

　でも、同時に苦しかった。

　透は先に進んでいる。それなのに自分は二年前のままだ。

　透は今回の開発の責任者として、さらに脚光を浴びていくに違いない。それなのに自分がそばにいたら、また足枷になってしまう。そう百々子は思った。

「もう、私たちは終わったんです。今さら戻ることなんてできません」

　百々子ははっきりと拒絶した。言葉遣いも他人行儀のままに。こうでもしないと、心が折れてしまいそうだったからだ。

　百々子は透の傷ついた表情を見ていられなくて、視線を落とした。再び透が口を開こうとしたとき、電話を済ませた陽一が小走りで駆け寄ってきた。

「月岡さん、遅くなってごめんね。そろそろ会社に戻ろう……ってごめん。もしかして、お取り込み中だった？」

　透の存在と二人の間に流れる気まずい空気を察したのか、陽一が遠慮気味にたずねる。

「いえ、大丈夫です」

そう答えると、百々子は立ち上がり、透の目をしっかり見て言った。

「失礼します」

透との最後の朝、あざみ野のマンションを出たときと同じように、百々子は振り返らずに歩き出した。

帰りの電車の中で、百々子は陽一に「宮瀬さんとは知り合い？」と聞かれた。

一瞬、返事に迷ったが、「じつは、元カレなんです」と正直に話した。

陽一は驚いた顔を見せて、一瞬無言になると、「そっか……」と言ったきり、それ以上はたずねなかった。

それからの二カ月間、百々子はがむしゃらに働き続けた。

打ち合わせで透とも何度か言葉を交わすことはあったが、いずれも業務連絡のような会話だけだった。過去の話題には一切触れず、まるで何事もなかったかのように接することを徹した。

そして、ついにドローン新製品発表会の当日を迎えた。

イベントはみなとみらいにある大ホールで開催された。多くのマスコミが取材に訪れ、開発責任者である透のスピーチは、イベントの目玉の一つとされていた。

陽一や百々子が率いるスタッフの力もあって、プログラムは大きなトラブルもなく進んでいった。やがてプログラムは透のスピーチへと移った。百々子は会場の席から透を見守っていた。

壇上に立つ透は、今まで見た中で一番輝いていた。

打ち合わせのときと同様、開発秘話から今回のプロジェクトの目的など、ドローンにかけた想いを熱くぶつけるスピーチに、会場にいたすべての人が息を止めるように聞き入っていた。

一生懸命伝えようとするその姿勢に、誰しもが心を打たれたことだろう。スピーチを終えると、場内は盛大な拍手で包まれた。百々子の目には涙が浮かんでいた。ほかの聴衆者と一緒になって、優しい笑みをたたえながら、惜しみなく拍手を送る。

百々子は透がやり遂げた功績を、心の底から祝福した。


イベントは大盛況のうちに終わりを迎え、会場では撤収作業が始まっていた。場内に残っているのは、関係者やスタッフのみだった。

百々子が黙々と段ボールに備品を詰めていると、陽一に声をかけられた。

「お疲れさん」

「お疲れ様です」

百々子は立ち上がり、軽く頭を下げて笑みをこぼす。

「よかったね。無事に終わって」

「はい」

「準備段階から伝わってきたよ。絶対にいいものにしてやるんだっていう君の熱意がね」

不意を突くような突然の指摘に、百々子の心臓が大きく波打つ。

「月岡さん、いつも以上に入れ込んでたよ。もしかして気づいてなかった？」

悪戯っぽく陽一がたずねる。自分ではそんなつもりはなかったが、陽一にはそう見えていたらしい。胸の奥が熱くなるような、核心をつかれて冷えるような、落ち着かない感じがした。

「普段も一生懸命だけど、どうして今回だけ、特に熱が入ったんだろうね？」

陽一は〝聞くまでもないけど〟といった様子で、小さく口角を上げると続けた。

「いつだって真っすぐで、簡単に折れたりしないし、あきらめない。何があっても自分の足で走っていく、それが月岡さんだよね？」

百々子は何も答えることができなかった。

すべての撤収作業が終わった頃には、午後八時を過ぎていた。百々子と陽一がホールの関係者用裏口から外へ出ると、横浜港の海面が月明かりに照らされるように煌《きら》めいていた。

三月はもうすぐ終わろうとしているが、夜は気温が低く、真冬のような寒さが続いていた。冷たい風が吹きつけ、百々子は思わず首をすくめる。

「日中はだいぶ春めいてきたけど、夜はまだまだ冷えるよね」

陽一が背中を丸めながら笑顔を向ける。百々子も微笑みを返してうなずいた。

「月岡さん、帰りは電車だったよね？　桜木町駅まで送るよ」

「ありがとうございます。でも、今日は寄りたい所があるんです」

百々子は真っすぐ陽一を見据えた。その様子にいつもと異なる雰囲気を感じ取ったのか、陽一が静かにたずねた。

「聞いてもいい？　……どこに向かうの？」

「思い出の場所です」

答えながら百々子は、遠い昔を思い返していた。

＊＊＊＊＊

高校卒業まで残り八カ月を切った。

クラスメートの中には、ちらほらと就職の内定が決まっている者もいたが、大半は大学や専門学校への進学を希望していた。

もちろん百々子も大学を受験するつもりでいた。

百々子が行きたい学科がある学校は私立だった。私立は国立に比べて金銭面の負担が大きい。そのぶん母親に苦労をかけてしまうことになる。それに、万が一落ちてしまって、浪人するような余裕もない。

そう思って別の道も視野に入れ始めたとき、母親が釘を刺してきた。

「私のせいにして受験から逃げるんじゃないわよ。お金のことなら、娘に心配されるほど落ちぶれていないからね。そんなこと気にする暇があるなら、勉強しなさい」

母親は百々子のことを最優先に考えてくれた。

離婚後も月岡の姓を変えなかったのも、自分の世間体どうこうではなく、百々子のためだった。

そんな母親の想いに応えるように、百々子は第一志望の学校を目指し、勉強に励んだ。

十二月になり、センター試験まで残すところあと一カ月になっても、百々子と透の関係は相変わらずだった。これまでと同じようにふざけ合い、言い合い、笑い合う。例えるなら、〝友達以上恋人未満〟という言葉が、一番しっくりくる関係だった。

自分がほかの女子よりも、少し特別な位置にいるのではないかと密かに思っていたし、菜穂からは「早く告白しないとほかの女子に持っていかれちゃうよ」と事あるごとに警告されていた。

しかしそれでも百々子は、なかなか決心がつかずにいた。

告白してフラれてしまったら、二度と元の関係に戻ることはできないと思ったからだ。

ぎくしゃくするどころか、下手をしたら名前すら呼んでもらえなくなるかもしれない。これまでのように、言葉を交わしたり、笑い合ったりすることもなくなってしまうかもしれない。

それなら友達のままでいいと、百々子は思っていた。そばにいられるなら、それだけでいい、と。

そんなある日の昼休み。百々子が教室でお馴染《なじ》みのメンバーとたむろっていると、透がクラスメートに声をかけられた。

「一年だって。宮瀬に用事があるらしいよ」

呼びに来たクラスメートはニヤニヤしている。

百々子が扉の方へ視線を移すと、あどけなさは残るけれど、パッチリとした目が印象的な女の子が、頬を染めてモジモジしている。両サイドには友達らしき女の子もいて、「頑張れ！」とエールを送っている。誰が見てもこの展開は告白だった。

「あー。ちょっと行ってくる」

透は立ち上がると、彼女たちの方へ歩いていった。

現れた透に女の子は緊張している様子で、目を泳がせている。それでも頑張って笑顔で透と向き合おうとする彼女を見て、百々子の中にまた自虐的な感情がわき上がってくる。

素直そうで可愛い子だな。私なんかよりもずっと——。

やがて、視界から透と女の子たちの姿が消えた。場所を移動することになったのだろう。

そのまま百々子が扉の方を見つめていると、菜穂がやれやれといった表情で話しかけてきた。

「あれ絶対告白じゃん。どうすんの？　ミヤ、あの子と付き合うかもよ」

百々子が透に想いを寄せていることは、菜穂はもちろん、涼や真人には周知の事実だった。

百々子は苦笑する。

「どうせいつもみたいに断るでしょ。今までもそうだったし」

百々子は同じシチュエーションを、何度か自分の目で目撃してきた。そのたびに透は断っていたので、いくら相手が可愛くても、きっと今回も同じ結果だろうと、百々子は高を括っていた。

しばらくして、透が教室に戻ってきた。

菜穂がすかさず歩み寄り、「どうだった？　可愛い女の子からの告白は？」とたずねる。

すると、透は苦い顔をして答えた。

「あー、ちょっと保留にしてもらうことにした」

「えっ⁉」と、その場にいる全員が耳を疑った。

菜穂が「なんで⁉」と少し焦った様子で追及する。いつもさほど興味を示さない涼や真人までが、このときばかりは息をのんで返事を待っている。

もちろん、百々子も愕然としていた。

すると、透は百々子の顔を見て、はっきりと言った。

「俺があの子と付き合ったら、どうする?」

場に緊張が走る。聞き間違えではない。たしかに透はいつもより低い声で、百々子にそうたずねてきた。

真剣な眼差しに見つめられ、百々子はごくりと唾を飲み込む。

言うなら今がチャンスだ。〝付き合ったら嫌だ。私は透が好きだ〟って——。

しかし、百々子の口から出たのは、真逆の言葉だった。

「知らない。私には関係ないし。ていうか、お似合いそうだし、透がいいなら付き合えば?」

自分の言葉に、百々子自身が落胆する。

いったい自分は何を口走っているのだろう。どうしてこんな心にもない言葉を言ってしまったのか、激しい後悔が押し寄せる。

すぐに訂正しようと思い、百々子はうつむいていた顔を上げる。しかし、後の祭りだった。

「あっそ」

今まで見たことのない冷たい目つきを透に向けられ、素っ気なく吐き捨てられてしまった。その表情は明らかに傷ついているようだった。

百々子は離れていく広い背中に、とっさに何か言おうとした。けれども、何も言葉にできず、透は教室を出て行ってしまった。


それから二週間経っても、百々子は透と一言も話せなかった。

百々子のほうから謝ろうと何度も思ったが、避けられているようで、二人きりになれない。どうきっかけを作ればいいかわからず、結局、何もできないでいた。

「いい加減仲直りしなよね」

一向に仲直りをしない二人を見兼ねてか、終業式のために廊下で整列をしている最中に、菜穂がそっと耳打ちをしてくる。

「ミヤに誕生日プレゼント買ったんでしょ？　明日からもう冬休みだよ。このままだと渡せるどころか、ますます距離が離れちゃうよ」

明日、十二月二十三日は天皇誕生日。透の誕生日でもある。

本当は直接プレゼントを渡す計画を立てていたのだが、この調子だと菜穂の言うとおりになってしまう。

「そう、だよね……」

百々子は大きなため息をついた。

素直になれない自分にほとほと嫌気がさす。身から出たサビとはいえ、いつまでこの状態が続くのだろうか。もしかしたら、卒業までこのままかもしれないと思うと、耐えられなかった。

菜穂や真人たちに励まされ、終業式の後も話すチャンスをうかがっていたが、結局その日、百々子と透が言葉を交わすことは、一度もなかった。


次の日。元町・中華街駅の山下公園口の前で、百々子は菜穂と待ち合わせていた。

冬休みに入ったこの日の朝、突然、菜穂から電話がかかってきたのだ。

「どうせ暇でしょ？　受験勉強の気分転換がてら、遊びに行こうよ」

予定がない前提で誘われているのが少し癪だったが、不本意ながらも、百々子は誘いに乗ることにした。

家にいても透のことが心に引っかかっていて勉強に身が入らないし、母親からも「一日くらい気分転換してきなさい」と勧められたのもあった。

「シーズンがシーズンなんだから、お洒落してきてよ。あと冬休みに入っちゃったし、ミヤの誕生日プレゼント、自宅に送っちゃおうよ。メッセージカード付きでさ」

菜穂にそう言われて、百々子は初めプレゼントの件については断った。

しかし、「到着が一日遅れでも、渡さないより絶対マシだから。どうせ年明けまで顔を合わせないいんだしさ」と説得され、とりあえず送るかどうかは別にして、持っていくことになった。

しかし、誘った菜穂が待ち合わせ場所に、なかなか現れない。

約束の時間からかれこれ二十分が過ぎるが、連絡もなければ電話もつながらない。

百々子は自分のほうが時間を間違えているのかと思い、とりあえずあと十分だけ待つことにした。

小さくため息をついて、視線を横に流したときだった。百々子のことを、驚いた顔で見ている男性と目が合った。

「透、どうして……」

百々子が呟いた声は小さくなって、空中へと消えていく。

「百々子こそ、なんでここにいんだよ？」

まさかの鉢合わせに、透も驚きを隠せない様子だった。

「私は菜穂に誘われて……そっちは？」

「俺は涼たちに誘われたんだ。ここに来いって言われて、ずっと待ってるんだけど、一向に現れなくてさ」

「私も――」と、百々子が言いかけたところで互いにハッとした。

その瞬間、まるでタイミングを見計らっていたかのように、百々子の携帯電話が鳴り、メールの受信を知らせた。素早くメールを開くと、やはり菜穂からだった。

『ミヤと合流できた？　今日は二人で楽しんで。あと涼たちを待ってても来ないってミヤに伝えておいてね。では、検討を祈る！』

メール画面を開いたまま硬直する百々子を見て、透が訝《いぶか》しげに百々子の顔をのぞき込んできた。

「どうした？」

「それが……二人で楽しんでっていうメールが……。それと透に、涼たちは来ないって伝えてって」

「は？」

百々子が戸惑いながら話すと、透は自分の携帯電話を慌てて開いた。直後、透は顔を歪め、天を仰ぐ。おそらく涼たちからも、メールが届いていたのだろう。

「クソっ、やられた……」

やはり菜穂と涼たちが結託して仕組んだことのようだった。

それほど心配してもらっていることを百々子は感謝する一方で、実際にこういう形で二人きりにされると、気まずくて仕方がなかった。

困ってうつむいていると、不意に手を引かれ、驚いて顔を上げた。

「行こう」

百々子は動揺しつつも小さくうなずき、透と手をつないだままついていった。

五分ほど歩くと中華街に到着した。

祝日ということもあって、多くの観光客で賑わう中を、透は器用に人波をかき分けながら進んでいく。すると、一軒の店の前で足を止めた。

中華料理屋だが、外観はクリスマス仕様にキレイに飾りつけられている。

透が店のドアを開く。食べ歩きの観光客が多いせいか、昼時にもかかわらず、店内は思ったほど混んでいなかった。

店員に案内され、二人でテーブルを挟んで席に着く。早速、透はメニューに手を伸ばし、百々子に開いて差し出した。

「とりあえず飯、食おうぜ。腹減ったろ?」

「そう……だね」

百々子が遠慮がちにうなずくと、透が首を傾げながらたずねた。

「もしかして、中華苦手？」

「いや、そうじゃないけど……こんなことになるなんて思ってなかったから、まだ戸惑ってる」

百々子が正直に言うと、透は笑った。久しぶりに見た笑顔だった。

「あいつらにまんまと騙されたのは癪だけど、どうせどっかで飯は食べるんだろ？」

「うん。そうだね」

「じゃあ、いいじゃん。それよりこの店めちゃくちゃ美味いんだぞ。て言っても、ガキの頃以来だから、味変わってるかもしんないけど。ひょっとして、百々子もここ来たことある？」

「ううん。中華街自体あんまり来ないから……」

「だよなぁ。俺も」

透のマンションは百々子と違って、中華街は目と鼻の先のはずだが、透はそう答えた。透は一人で夕食を取ることが多いから、逆に来づらい場所なのかもしれないと、百々子は思った。そうでなくても、中華街で食事をする人の大部分は、地方や海外から来た観光客や家族連れが圧倒的に多いはずだ。

それにしても、自分が透と普通に話ができていることに、百々子は内心びっくりしていた。あの告白事件以来、目さえ合わせることのなかったこの二週間が、まるでウソのようだった。

百々子は透が勧めてくれた麻婆豆腐定食を頼んだ。透の好物なのだそうだ。百々子は透が麻婆豆腐を好きなことを初めて知った。春に知り合って半年以上経っているのに、まだいろいろ知らないことがあることに、百々子は感慨を覚えていた。

「美味しい！」

運ばれて来た麻婆豆腐を口に運んだ瞬間、百々子は思わず声が出た。

「だろ？　百々子ならそう言うと思った」

透が顔をくしゃくしゃにして笑う。百々子はその笑顔が好きだった。そして、透の笑顔につられるように、百々子も優しい笑顔になる。

食事を終えて店を出ると、特に行く当てもなく、来た道を引き返す。

中華街の始まりとなる長陽門《ちょうようもん》に戻ってきた辺りで、透が百々子にたずねた。

「どうする？　もう帰りたい？」

「えっ、嫌だ！」

透との仲が修復され、気が緩んでいたせいだろうか。とっさに百々子はありのままの気持ちを、子どものように叫んでいた。

透がきょとんと目を丸くする。思わぬ失態に顔を真っ赤にする百々子を見て、透がクスッと笑った。

「じゃあ、どこに行きたい？　何かやりたいことある？　今日はとことん付き合うよ」

百々子の表情がぱあっと輝く。

ついさっき、大恥をかいたので、今さら表情を取り繕っても仕方がなかった。おかげで百々子は少し気持ちが楽になったような気がした。

百々子がリクエストしたのは〝みなとみらい観光〟だった。二人はそのまま山下公園に向かった。

「なんで、今さらみなとみらい？」と透がたずねると、百々子は「まあ、別にいいじゃん」と答えをにごした。好きな人とみなとみらいの観光地をデートすることが、百々子の幼い頃からの憧れであり、夢だった。

広い海辺の遊歩道の先には、横浜港が果てしなく広がっている。

美しい青空と海が一望できるロケーションに、百々子は思わず見惚れた。二人から見て右側に係留《けいりゅう》されている氷川丸《ひかわまる》の錨鎖《びょうさ》には、数え切れないほどのカモメが規則正しく並んでいる。まるで飾られたオブジェのようだった。

透が遠く離れたベイブリッジの方を見つめながら、「懐かしいな」と小さく呟いた。

「父親がまだ優しかったとき、よく家族三人でここに遊びに来てたんだ。今となってはどんな話をしたかもよく思い出せないけど、この景色だけは覚えてる」

百々子はその寂しそうな横顔に、透の孤独を垣間見た気がした。

時折、透がどこか遠くへ行ってしまいそうで不安になることがある。どこか別の居場所を求めて、遠くへ……。

百々子は透の手を握りしめた。ぎゅっと力強く、どこにも行かないでと、訴えるように。

透が優しそうな瞳で見つめ返す。その刹那、百々子の口から言葉が溢れた。

「生まれてきてくれて、ありがとう」

思いもしない一言だったのだろう。透は驚いたような表情を見せ、真顔になる。

すると、百々子は持っていた紙袋から、キレイに包装された箱を取り出した。そして中身を取り出し、つま先立ちになると、透の首に巻きつけた。

「これは……?」

「誕生日プレゼント。透に似合うと思って選んだの」

透は戸惑ったように言葉を詰まらせたが、すぐに屈託のない笑顔を見せた。

「ありがとう。すっげぇ嬉しい。ずっと大切にする」

願わくはこれからもずっとその笑顔を見せてほしい。私がずっとそばにいて、あなたを苦しめるものから守ってあげたい――。

百々子は、差し伸べられた透の左手にそっと右手を預けた。

二人手をつないで向かった先は、横浜赤《あか》レンガ倉庫《そうこ》だった。敷地内には期間限定で大きなアイススケート場が設置されていて、大人から子どもまで、たくさんの人たちが楽しそうに滑っていた。

「俺たちもちょっと滑ってみようぜ」

透が百々子を誘う。でも、百々子は首を縦に振らない。頑《かたく》なに拒んでいたが、透の執拗な誘いに根負けし、人生二度目のスケート靴を履くことになった。

しかし案の定、百々子がスケートリンクに立とうとするなりバランスを崩して、派手に尻もちをついてしまった。

「だから、あんなに嫌がってたわけか」

透が心から可笑しそうに噴き出す。

百々子がムッとして頬を膨らませると、「そんな怒んなって。ほら教えてやるよ。コツをつかめば滑れるし、楽しいから」と言って手を差し出した。

助けを借りるのは本意ではなかったが、百々子は透の手をつかんで、なんとか身体を起こした。

早速、リンクに立つ練習が始まり、三十分ほどすると、速度は非常に遅いものの、一人でリンクを転ばずに一周滑れるようになるまで上達した。

「楽しい！」

はしゃぐ百々子を見て、透も嬉しそうに笑う。スケートをしている間、二人はしきりに笑っていた。

スケートを終えた後、敷地内を散策する。

どこもかしこもクリスマスムード一色だ。中央付近には、本物のモミの木のクリスマスツリーが高くそびえ立っている。百々子自身は見たことがないが、夜にはイルミネーションが鮮やかに点灯するらしい。

奥へ進むとイベントブースが設置されていた。クリスマスを直前に控え、サンタの格好をした子どもたちでいっぱいだった。付き添いの親たちもみんな笑顔で、その幸せに満ちた光景に、百々子は無意識に足を止め、微笑ましく見つめていた。

すると、不意に透が顔をのぞき込んできた。

「気になる？」

「え？」

百々子は一瞬真顔になったが、すぐに微笑みを浮かべた。力が抜けたように自然と言葉が溢れ出していた。

「最近ね、将来について考えるの。自分が何になりたいかなんて、まだよくわからないんだけど、たくさんの人を笑顔にできる仕事に就きたいなぁっていう漠然とした思いがあって。ほら、街を歩いていると、いろんなイベントをやってるでしょ？　そこにいる人たちの笑顔を見るたびに、あぁ、素敵な仕事だなぁって思う自分がいてさ」

するると、透がなんでもないことのように言う。

「いいじゃん。イベントプランナー。百々子に向いていると思う」

「またまた。調子いいこと言っちゃって」

「本当だよ。絶対に向いてるって！」

珍しく褒められて、なんだか照れくさくなる。百々子は「そうかなぁ」と呟くと、透に話題を振った。

「透は？　夢とかあるの？」

それはずっと聞いてみたいことでもあった。

今日一日でもたくさんの発見があった。百々子は、透のことをもっともっと知りたかった。

透は少し考えた後、真面目な顔をして答えてくれた。

「俺、ガキの頃から動くモノに人一倍興味があってさ。どうやって動いているのか知りたくて、ガラクタを拾ってきてはよく分解して遊んでたんだ」

懐かしむようにそう言った透は、どこか寂しそうにも見えた。

「その頃からモノづくりへの関心が強かったんだと思う。まだ父親との関係が良かった小学三年生のとき、夏休みの自由研究のテーマに悩んでいた俺に、父親が一緒に簡単なゲームをプログラミングしてみないかって言ってくれたんだ。最初はよくわからなくて興味がなかったんだけど、やり始めたらすごく楽しくてさ。自分がプログラムしたとおりにものが動くからびっくりしたよ。未知の体験だった」

透はまるで子供の頃に戻ったように、キラキラとした目でしゃべり続けた。

「そのとき、父親が教えてくれたんだ。車だって、電化製品だって、みんなプログラミングされてるんだって。つまりプログラミングには、社会を便利にしたり、人を幸せにしたりする力があるんだ。だから、俺もプログラミング関連の仕事について、社会に貢献できるようなモノを作っていきたいと思ったんだ。それが俺の夢かな」

そう言うと透は百々子に顔を近づけ、「言っとくけど、まだ誰にも話したことないんだからな。内緒だぞ」と、照れた様子で人差し指を唇に当てた。

「叶うよ、その夢。透なら絶対！　私、応援する！」

瞳を輝かせながら、百々子は高らかに宣言した。

自分にだけ打ち明けてくれたことが嬉しくて、わき上がる感情を抑えられなかった。

「心強いよ」

透は顔をくしゃくしゃにして微笑むと、百々子の頭を優しく撫でた。

赤レンガ倉庫を出て、二人がよこはまコスモワールドについた頃には、すっかり日は沈み、辺りは暗くなっていた。気が済むまでアトラクションを乗り尽くし、ゲームに熱中していると、閉園時間まで残り三十分を切っていた。

「みんな帰って行くな」

透がしんみりと呟く。だんだんと人がまばらになっていく園内を眺めながら、百々子も物悲しさを感じていた。まだ帰りたくなかった。

目の前には七色に輝く観覧車が、夜のみなとみらいを美しく照らしている。名残惜しそうに百々子が見上げていると、気持ちを察したかのように、透が「最後に観覧車に乗ろう」と優しく言った。

閉園時間ギリギリということもあって、観覧車にはすぐ乗ることができた。

百々子と透は、向かい合うように座る。

百々子はゴンドラのガラス越しに広がる景色を、無言で見つめていた。それは正面に座る透も同じだった。もっと話をしたいのに、二人とも寂しさが募るばかりで、何も言葉にできなかった。

十五分後には、夢のような時間が終わってしまう――。百々子は叶うはずもないのに、このまま時間が止まってしまうことを強く願った。

まもなくゴンドラが最高点に到達しようというとき、ようやく百々子は口を開いた。

「……明日、クリスマスイブだね」

「あぁ……」

「あの子と会うの？」

百々子の脳裏に、教室の前ではにかんでいた一年生の女の子の姿が浮かぶ。

すると、透はすぐに誰のことか理解したのだろう。少し不機嫌そうに答えた。

「会うわけねぇだろ。はっきり断ったたし」

「えっ!?　……どうして？」

百々子の問いに、透は歯切れ悪そうに言う。

「どうしてって……お前のことを悪く言ったから……俺につきまとっているとか、ありもしないことを……」

「……」

百々子はポカンと透を見つめる。透はますます言いにくそうに、顔をそらした。

「あの女、何も知らないくせにさ。お前のことを悪く言う女と、付き合いたいと思うわけねぇだろ」

その言葉を聞いた瞬間、百々子の目からぽろぽろと大粒の涙がこぼれ落ちる。

「おい、どうした⁉」

透は慌てた様子で立ち上がると、百々子の前にしゃがみ込んだ。百々子は顔を両手で覆い、華奢な肩を震わせてすすり泣く。

「俺、なんかマズいこと言ったか？」

透がうろたえながらたずねると、百々子が首を大きく横に振った。

「じゃあ、どうして？」

「ごめんなさい。違うの……」

百々子が顔を覆っていた手を外し、潤んだ瞳を透に向ける。気がつけば、百々子の口から自然と言葉が滑り出ていた。

「好き。透が大好きなの」

透が目を大きく見開き、動きを止める。百々子の頬をとどまることなく涙が伝う。

大きくて優しい手が百々子の頭に伸びてきて、広くて温かな胸に引き寄せた。

「……うん。俺も百々子のことが好きだ。付き合おう、俺たち」

頭上から降ってきた声に、百々子がかすかに顔を上げる。透の指が百々子の頬に伝う涙の滴《しずく》をそっと拾い上げる。

そのままゆっくりと透の顔が近づいてきて、ゴンドラが頂上に到達したとき、二人の唇が重なった。

＊＊＊＊＊

イベントが終了し、陽一と別れた後、百々子はみなとみらい線に乗って元町・中華街駅を訪れていた。

そこから中華街、山下公園、赤レンガ倉庫、コスモワールドと、初めて透とデートした思い出の場所をたどっていく。

そして、新港地区《しんこう》とみなとみらい中央地区《ちゅうおう》を結ぶ国際橋《こくさいばし》を渡っていく。橋の真ん中に差しかかったところで足を止め、橋の手すりに腕をついて寄りかかると、左側にそびえ立つ観覧車を見上げた。

横浜のシンボルが万華鏡のように夜の街を美しく彩っている。そこは二人の始まりの場所――。百々子の脳裏に、透と過ごした日々が走馬灯のようによみがえる。

この二年間、百々子は透のことを思い出さないようにして過ごしてきた。

忘れたくて、忘れたくて、でも、忘れられたことなんて一度もなかった。

どこにいても、どんなときでも、百々子の頭に浮かぶのは透の顔、そして透と過ごした日々だった。

目に見えない孤独と戦ってきた透を、自分が守ると固く誓ったはずだったのに、なぜ手を離してしまったのかと百々子は激しく後悔した。

桜木町駅で、綾と再会したときのことを思い出す。

透は母親への罪の意識から、自分に力を貸してくれただけだと綾は言った。透は母親と同じように痛めつけられている綾を、見捨てられなかっただけなのだ。もしかしたら助けていたのは、綾ではなく、記憶の中の母親だったのかもしれない。

しかし、あのときの百々子はそんな透の気持ちを考えようとせず、自分が傷つくのを恐れていた。透の気持ちに寄り添って、受け止めてあげられるのは自分以外にいなかったのに、また透を一人ぼっちにしてしまった。

それだけではない。透の足枷になりたくなくて——そのことで自分が疎まれるのが怖くて、自分の母親が倒れたことすら伝えられなかった。

今の百々子にはわかる。仕事が忙しくて透とすれ違ったわけではない。透と向き合おうとしなかったから、すれ違ったのだ。

その瞬間、百々子の心の奥に封印してきた想いが限界を超えて膨らみ、風船が割れるように一気に解き放たれる。

百々子の頬を水滴が一粒伝ったかと思うと、それがまるで合図だったかのように、とめどなく涙が溢れ出した。

人目もはばからず、ひとしきり泣いた後、百々子は涙を手で拭い、決心したように夜空を見上げた。

もう自分の気持ちから逃げない。透に会いに行って、自分の想いを伝える。こんなところでウジウジしているのは自分らしくない。

〝何があっても自分の足で走っていく〟——それが自分のはずだ。

観覧車に背を向け、百々子が走り出そうとしたときだった。

「百々！」

遠くから愛しい人の声が耳に届いた。見つめた視線の先には、こちらに向かって走ってくる透の姿があった。

首元には、カシミヤのマフラーが巻かれている。

それは二年前、百々子が最後の最後まで渡すことのできなかった、透への誕生日プレゼントだ。

別れを決意して片づけをしていたとき、持っていくことも、捨てることもできず、想いを封印するように押し入れの奥にそっとしまいこんでいったものだった。

透はそれを見つけ出してくれたのだろう。そして、ずっと大事に持っていてくれたに違いない。

百々子はたまらず走り出した。

一歩ずつ、また一歩ずつ、透に近づいていく。

引き寄せ合うように二人の距離が縮まると、足を止め、真っすぐに見つめ合う。

街は音をなくし、乱れた呼吸音だけが聞こえる。そこだけ空間が切り取られ、世界に二人しかいないようだった。

百々子の瞳から、また涙が一粒こぼれ落ちる。透が声を振り絞って話し出す。

「十一年前、俺が百々の泣き場所になる、俺が百々を守るんだって誓ったはずなのに、いつからか、俺は自分の弱さばかりに目を向けて大事なことを見失っていた。百々がつらいときに一緒にいてあげられなくてごめん。一人で泣かせてごめん。我慢ばかりさせてごめん。ごめん、百々……」

透が苦しげな表情で訴える。百々子はぎゅっと目を閉じて、頭を振った。

「私こそ、透の弱さを受け止めてあげられなくてごめん。透の苦しみに気づいてあげられなくてごめん。一人にしてごめんね」

「違う。百々は何も悪くない。俺が弱かったのがいけなかったんだ。社会人になってからの俺は、力をつけることに必死だった。社会的な地位を築くことが、大切な人を守る力になるんだと本気で思い込んでいた。自分のことばかりで、百々の気持ちをないがしろにしてばかりだった」

百々子は、その言葉を否定するようにまた頭を振る。はらはらと涙の粒が空中に舞った。

透は目を伏せ、自分の愚かさを責めるように続けた。

「俺は弱いくせに、強いふりをしていた。自分の弱さを見せることが怖かったんだ。母親のように、いつか百々が俺から離れていってしまうんじゃないかって。俺といても百々は幸せになれないんじゃないかって、いつも怯えてた」

「バカ。勝手に私の幸せを決めつけないでよ。私の幸せは私が決める。私は透がそばにいてくれたらいいんだよ。それだけで幸せなんだよ」

百々子は激しく嗚咽しながら訴える。

「透のこと、何度も忘れようとした。でも、ダメだった。忘れられなかった。嬉しくても、つらくても、ただ普通の毎日を送っているときも、透の顔がふと頭に浮かぶの。透じゃなきゃダメなの。透の隣じゃないと幸せになれないよ」

「百々……」

透は一歩足を踏み出すと、力強く百々子を抱きしめた。百々子も透の温もりに身体を預けた。

「百々がいなくなって死ぬほど後悔した。失ってやっと気づいたんだ。百々がいない未来なんて考えられない。百々じゃないと、俺がダメなんだ」

透の想いが、二年ぶりに感じる透の匂いが、百々子の胸を熱くする。

透の胸の中で、百々子が優しい声で返す。

「弱い自分を見せるのが怖いって言ったよね。弱くていいんだよ。一人で抱え込まなくていい。透が背負う荷物は私も一緒に背負うよ。だから、これからはその荷物を私にも分けてほしい」

喜びも痛みも二人で分け合って、共に生きていきたい。そう百々子は心に誓う。

透は抱きしめる力を緩めると、百々子と目を合わせて、小さく微笑みながらうなずいた。

「好きだ。百々が好きだ。もう二度と離さない」

「うん。ずっと離さないでいて。私も透を離さないから！」

百々子が元気いっぱいにそう言うと、透は再び百々子を腕の中に引き寄せた。

そして、もう一度耳元で「好きだ」と囁くと、百々子を力いっぱい包み込むように抱きしめた。

百々子たちの背後を、観光客が歩いていく気配がする。

「いいの？　みんな見てるよ」

恥ずかしそうにたずねる百々子に、透は優しく微笑んだ。

「いいよ。今はただ抱きしめていたい」

その言葉に、百々子はうなずく。

場所も時も忘れて、二人は抱きしめ合った。

その後、二人で数年ぶりにコスモワールドを訪れた。

観覧車に乗るのは、初めてデートした高校三年生の透の誕生日以来だった。

初めてのデートのときと違い、今日の二人は隣に寄り添うように席に腰かけた。

「キレイ……」

宝石のように光り輝くみなとみらいの景色を眺める百々子のことを、透が愛おしそうに見つめる。

「懐かしいね……。背中に触れていた手をそっと移動させ、百々子の頭を優しく撫でる。私たち、この場所から始まったんだよね。覚えてる？」

「ああ、覚えているよ。忘れるわけないだろ」

透は背後から包み込むように、そっと百々子を抱きしめた。

「俺、二人で暮らしていたあざみ野のマンションにまだ住んでいるんだ。どうしてもあそこを去ることができなかった。ずっと百々が帰って来るのを待ってた」

「……うん」

百々子が透を振り向き、二人は見つめ合う。透の黒い目の中に、キラキラと夜景が星屑《ほしくず》のように映っているのが見えた。

「もう一度、この場所から始めたい。そして、二人であざみ野の家に帰って、一緒に幸せを作っていこう」

透はそこで一度言葉を切り、息を吸う。

「俺の家族になってください」

百々子は目に涙を滲ませながら、大きく首肯した。

「うん。私も透を幸せにする。絶対、幸せにする！」

溢れんばかりの笑顔で宣言すると、透の首に腕を回して抱きついた。

「うん。百々、顔を見せて」

耳元で聞こえる透の声に、百々子は首を振った。

「ダメ……。今、透の顔を見たら、涙が止まんなくなっちゃう」

「いいよ。泣きたくなったら俺の胸に飛び込んできて。そのたびに俺は百々を抱きしめるから」

百々子は透の首に回した腕の力を緩め、そっと透の顔を見た。そこには、大好きなあの笑顔があった。

まもなくゴンドラが最高点に到達しようとするところで、透が百々子の名前を呼んだ。

百々子は顔を上げ、そっと目を閉じる。

あの日結ばれたこの場所で、二人は永遠の愛を誓い合うようにキスを交わした。

END

この作品は小説投稿サイト・エブリスタに投稿された作品を加筆・修正したものです。

エブリスタでは毎日たくさんの物語が執筆・投稿されています。（http://estar.jp）

今はただ、抱きしめて

発　行 …………………… 2017年9月25日　初版第一刷

著　者 …………………… 里美けい
発行者 …………………… 須藤幸太郎
発行所 …………………… 株式会社三交社
〒110-0016
東京都台東区台東4-20-9
大仙柴田ビル二階
TEL. 03(5826)4424
FAX. 03(5826)4425
URL. www.sanko-sha.com
カバーデザイン ……………… softmachine
本文組版 …………………… softmachine
印刷・製本 ………………… シナノ書籍印刷株式会社
フォーマットデザイン …………… softmachine

Printed in Japan

ISBN 978-4-87919- 287-5

エブリスタWOMAN

となりのふたり

橘いろか

EW-043

法律事務所で事務員をしている26歳の霧島美織のそばに今いるのは、同じ事務所で働く弁護士の平岡彰と名前も知らないパン屋の店長。友達は『適齢期の私たちが探すべきなのは【結婚相手】だ』と言うが、美織はパン屋の店長がどうしても気になってしまう。そんな時、平岡に付き合おうと言われ——。

見つめてるキミの瞳がせつなくて

芹澤ノエル

EW-044

札幌でネイルサロンを営む椿莉菜は、29歳の誕生日に4年間付き合っていた彼から別れを告げられる。そんな莉菜の前にファーストキスの相手である年下のイトコ・類が現れ、キスと共に告白をして去っていく。徐々に類に惹かれていく莉菜だったが、ある日類の元カノがやってきて——。

もう一度、優しいキスをして

高岡みる

EW-045

素材メーカーに勤める岡田祥子は、4歳年下の社内の恋人に30歳を目前にしてフラれてしまう。それから2年、失恋から立ち直れずに日々を過ごしていた祥子の部署に6歳年下の新井が異動してくる。そして元カレの送別会の帰り、祥子は新井に促され共にラブホテルに入ってしまう——。

Once again

蒼井蘭子

EW-046

藤尾礼子は、大阪の大学で2歳年上の関口遼と恋に落ちる。しかし、彼が大学卒業後、理不尽な別れ方をすることに。27歳になり、東京で働く礼子は同じ会社の柴田久志と婚約をするが、ある日遼が礼子の前に現れる。礼子に変わらぬ愛をぶつける強引な遼。礼子は次第に翻弄されていく……。

共葉月メヌエット

青山萌

EW-047

福岡の老舗百貨店の娘・寿葉月は大学入学を目前に、8歳年上で大会社の御曹司・蓮池共哉と〝政略結婚〟をさせられる。冷徹な共哉に落胆する葉月だったが、一緒に生活をしていく中で共哉のさりげない優しさを知り、自分の気持ちの変化に気づく。一方、共哉の態度も次第に柔和になっていくが……。

エブリスタWOMAN

さよならの代わりに
白石さよ

EW-048

大手電機メーカーで働く29歳の江藤奈都は、同じ職場の上司・東条に失恋をし、バーで知り合った皆川佑人と朝まで過ごしてしまう。彼の素性を知ることなく別れたが、数日後、人事コンサルタントとして奈都の会社に出向してきた皆川と再会。彼の提案で、期間限定で恋人同士になる契約をする——。

この距離に触れるとき
橘いろか

EW-049

30歳の小柳芹香は、2歳年下の幼馴染・永友碧斗が社長を務める名古屋の飲食店運営会社で社長秘書として働いている。芹香はヒモ同然だった年下彼氏と別れ、ある事情から碧斗のマンションで同居生活をすることに。そんな中、副社長兼総料理長の小野田照青が好意を寄せてくれていることを知る……。

Despise
中島梨里緒

EW-050

岸谷美里は高校卒業時に、堀川陸と10年後に地元の千年桜の下で再会するという約束をして、別々の道を選ぶ。それから10年、服飾デザイナーの夢に破れた美里は派遣社員として就職した設計事務所で陸と再会する。夢を叶え一級建築士となっていた陸だが、プライベートは荒んだ男に変貌していた。

今宵は誰と、キスをする
滝沢美空

EW-051

人事部で働く28歳の種村彩は6歳年下の幼なじみ・海老名眞と成り行きで一線を越えてしまう。弟のように思っていた眞との過ちを後悔する彩だったが、眞からは好きだったと告白され、期間限定で恋人として過ごし、恋愛対象にできるか判断してほしいと懇願される。一方、同期でもあり元恋人の甲本敢太からも復縁を迫られ——。

毎週木曜日
柚木あい

EW-052

医薬品の卸会社に勤める27歳の千葉梓は、営業として自社を訪れる同じ大学出身の後輩、杉浦瑞希と誰にも言えない関係を続けている。杉浦に想いを寄せている梓だが、今の関係が壊れるのを恐れて気持ちを伝えられないでいた。そんな折、同じ部署の後輩・西野結菜が杉浦に好意を抱いていることを知る——。

エブリスタWOMAN

フェアリーテイルは突然に

咲香田衣織

EW-053

立脇倫子は婚約者の事業の失敗から結婚が破断となる。そんなとき接触してきた〝K〟なる謎の人物。Kは、婚約者だけでなく、かつて倫子の父親を陥れたのも上石食品の社長だという。その悪行を暴くというミッションを与えられた倫子は、家政婦として上石家に潜入。そこで出会った両極な性格の息子ふたりに翻弄され……。

生意気なモーニングKiss

坂井志緒

EW-054

27歳の須山希美は、〝律進ゼミナール〟の塾講師。会社から校長という待遇で異動を命じられ出世と喜んだが、そこは廃校寸前の不採算校、橘校だった。半年間で橘校の黒字化が出来なければ、希美は解雇、橘校のバイト講師・光浦康宏は大学卒業後、入社しなければならない取り決めをしてしまう——。

わたし、恋愛再開します。

芹澤ノエル

EW-055

永里樹は、高校生のときに交際していた朝日涼との失恋で恋愛に臆病になっていた。月日は流れ、30歳になった樹は仕事で朝日と再会。動揺する樹は、ある日5歳年下の同僚、霧島冬汰と酔った勢いで一線を越える。それを境に樹は霧島のことを意識するようになるが、朝日からもう一度やりなおしたいと告白され——。

フラワーショップガールの恋愛事情

青山萌

EW-056

花屋で働く22歳の深田胡桃は、店長に長年想いを寄せているが、告白できずにいた。そんなある日、ルーナレナ製薬のMR・須賀原優斗が予約していた花束を受け取りに来る。初めは優斗に興味を示さなかった胡桃だったが、何度か来店する優斗と次第に距離を縮めていくように——。

ご褒美は甘い蜜の味

桜瀬ひな

EW-057

26歳の穂積真由は、いつも誰かの〝一番〟になれない自分の恋愛に落胆していた。ある日、新しい上司・藤堂彬が転任してくる。厳しい仕事ぶりに、関わりを持ちたくないと思っていた真由だったが、時折見せる優しい顔に次第に惹かれていく。しかし、藤堂の左薬指に指輪がはめられていて——。